公開法廷
一億人の陪審員
一田和樹
Ichida Kazuki
原書房

公開法廷

一億人の陪審員

目次

プロローグ

東京池袋の立林大学大学院社会学部博士課程に籍を置く山崎麻紀子《やまざきまきこ》は、手元の資料にぼんやりと目を通していた。昔ながらの木造の研究室棟はもうすぐ改築されることが決まっている。麻紀子がこの大学に通うようになってから、毎年建物がビルに変わっていった。都内にしては広いキャンパスに並び立つ真新しい校舎は都会的という言葉にふさわしいが、これではどこかのオフィス街と変わらない。麻紀子は古式ゆかしい雰囲気の昔のキャンパスを懐かしく思い出した。古書店の匂いのするこの研究室とも今年限りでお別れと思うと名残惜しい。

その時、「おはよう」というしゃがれた声とともに扉が開き、指導教授の南方宗一郎《みなみかたそういちろう》が入ってきた。年齢はまだ五十代のはずだが、白髪と皺のせいで七十歳くらいに見える。南方は麻紀子の向かいの席に腰掛けると、傍《かたわ》らにショルダーバッグを置いた。

「そういえば今日、判決が出るんだったね」

なぜ、突然裁判の話を？　不思議そうな顔をすると、南方は、「ああ、あれだよ」と言葉を続けた。

「『公開法廷』。一億人の陪審員を擁する世界最大の法廷」

言われてわかった。『公開法廷』とは、投票権を持つ全国民が陪審員となる裁判のことだ。スマホやパソコンから参加できるからゲームのようにも見える。仕組みもゲームっぽい。

ひとつの公判で三組の被告が登場し、それぞれに告発する検事と守る弁護人がつく。法廷で一組ずつ、検事が冒頭陳述と立証を行い、続いて弁護人が立証を行い、論告と弁論を行う。これを三回行った後で、陪審員たちは三組の被告のうち誰が真犯人であるか、あるいは犯人は三組のうちにいないかを投票で判断する。

山崎麻紀子は昨晩ノートパソコンの前で正座して公開法廷を観たことを思いだした。パソコンは机の上に置いてあるから、椅子の上に正座するという和洋折衷なスタイルだ。裁判そのものに興味があるわけではない。

国民総陪審員制の公判で投票するのは国民の義務とされている。裁判はほぼ隔週にひとつはあるから、労力もバカにならない。それが難しい者は投票を他の人物に委任できるものの、責任感ある者は自分自身で投票すべしという意識があるので麻紀子は毎回自分で投票している。

今回の公判は注目されている。まだ起きていない仮定の犯罪に対する罪を問うのだ。起きていない犯罪を罪に問うのは〝準備罪〟にあたる。いわゆるテロ等準備罪から始まった一連の各種準備罪が施行されて久しく判例も増えてきた。しかし今回は過去の法律の論理から判断すれば無罪にしかなりえないものだ。なにしろただ荷物を送っただけなのだ。一昔前《ひとむかし》だったらそもそも起訴すらされなかっただろう。それが起訴され、全国民の審判を受ける。仮に無罪になったとしても公判に当たって全国民に被告に関する資料が開示され、プライバシーは大きく毀損される。

今夜、その判決が出る。

奇妙な事件だった。なにかが起きたわけではないから事件とは呼べないのかもしれない。しかしテロ等準備罪の対象にはなるから犯罪にはなりうる。麻紀子は釈然としなかった。

事件のあらましはこうだ。池袋のビジネスホテルが、宿泊する予定になっている人物から先に荷物を送るので受け取っておいてほしいと頼まれた。だが、宿泊予定日当日、客からホテルに、急な都合で行けなくなったが、宿泊費は支払うので荷物は廃棄してほしいという連絡が入った。

ホテル側はいぶかしんだが、宿泊費はすぐに振り込まれたので詐欺の類いではなさそうだった。そのまま荷物を捨ててもよかったのだが、分別するために中を確認したところ見慣れない装置が現れた。実験用の通信装置ということは聞いていたが、不審なものを感じて警察に届けた。

驚くべきことに、その装置は携帯の基地局を偽装して接続してきた携帯の通信内容を盗聴し位置を特定するものだった。この種の装置で有名なのはハリス社の販売しているスティングレイという製品のシリーズで、ＦＢＩなどの米国政府関係機関で利用されている。今回のものはその日本版と言うべきものだ。収集した情報はネットを介してどこかに送られていたらしい。「らしい」というのは記録が残っていなかったためだ。その装置に電源が入っていたことと、外部からなんらかの操作を行った痕跡があったためにそのように推定された。

謎の宿泊予定者がよからぬ計画を立てている可能性があると考えた警視庁事前捜査特別班は捜査を開始し、三つの犯罪可能性とそれぞれの犯行可能性の高い人物をつきとめた。今日の公判でそのどれが正しいのかあるいは全部間違っているのか審判が下る。


「教授はどうなると思いますか?」

「山崎くんはストーキングだったね」

投票内容はプライバシーなので他人に話すのはよいことではないのだが、つい話題にしてしまう。検察はこの事件に三つの犯罪可能性を指摘し、それぞれの被告を逮捕していた。ストーキング、ネット詐欺、テロだ。

「はあ。一番現実的だと思ったんですけど」

テロに比べるとストーキングはいかにも地味だ。地味だから間違っているということはないのだが。

「それにしても『ほしい物リスト』って思ったより危険なんだって、この公判でよくわかりました」

想定被害者の女性を以前からストーキングしていた男性が容疑者。女性はネット上にアマゾンの「ほしい物リスト」を公開していた。「ほしい物リスト」とは、アマゾンで販売されている商品を登録しておくリストのことだ。このリストを公開すると、それを見た誰かがプレゼントできるようになる。ただし送付先は表示されないのでプライバシーを保ったままプレゼントを受け取れるという便利なものだ。

とはいえ完全に送付先がわからないわけではない。抜け道もいくつかある。今回の想定被害者は対策を取っていたのでその方法は使えないようになっていた。それでもプレゼントした者は配送状況を確認することができる。最終の届け先まではわからないが、最終の配達所つまり届け先のおおよその地域までは絞り込めるわけだ。

その地域で今回の装置を使えば、届け先の相手や通信内容までを知ることができる。そのためには最終の配達所に近い場所まで装置を持ってゆく必要があり、問題となったホテルはまさしくそういう場所だった。ホテルに荷物が配送されてから遠隔で起動し、情報を収集した後で痕跡を消したのだと検察は主張した。

「ストーキングにしてはお金をかけすぎではないかな。確か……あの装置は二千万円相当とか言っていたね」

「キャバクラに一千万円つぎ込む人もいますし、容疑者は資産家だっていうからあり得るかなと思ったんですよね」

麻紀子は話しながらだんだん弱気になる。装置の価格が高いことがこの主張の弱点だった。

「先生はどちらに投票したんですか？」

「それがしはテロだと思うね」

南方は自分のことを「小生」、「それがし」、「オレ」などいくつもの一人称で呼ぶ。それが妙に愛嬌がある。

社会学部で組織論の教鞭を執っている南方がテロの可能性を考えるのはうなずける。

「オリンピックを控えているから、神経質になっている気もしないでもない。それにしても単純かつ防御の難しいテロだ」

検察側が提示した犯罪可能性のもうひとつはテロだった。あの装置で収集した各携帯電話のID情報を使って一一〇番と一一九番に通報をしまくる。子供の悪戯のようなものだが、これを都内各所で一斉にやられると相当大変なことになるらしい。警察や消防としては放置できないから確認せざるを得ない。同じ電話番号からならブロックすることは簡単だが、この装置で収集した番号を発信番号として偽装するならほぼ無尽蔵に電話番号はある。

「それにこれは国策捜査のような気がするね」

南方が聞き慣れない言葉を口にした。

「国策捜査?」

「当局はこの手のテロに敏感になっている。一一〇番や一一九番通報を毎回違う番号からかけまくられるというのは悪夢でしかないだろう。原始的だが、防ぐ方法がない」

南方はよく話題が飛ぶ。後から関係のあったことだとわかるのだが、時々迷子になる。

「本当の事件や事故の可能性もあるから無視はできませんものね」

「今回のように準備段階で立件できるようになれば、事前に手をうちやすくなる」

「今でもできるんじゃないんですか？　なにが変わるんでしょう？」

「通信傍受をはじめとする監視の口実になる。こういう事件が実際にあったのだから仕方がないだろというわけだ。郵便や宅配便の中身の検閲も容認されるかもしれない」

「通信の秘密を冒すのってかなりヤバくないですか？」

「非常時には人権を制限するって言ってる国だからねえ。首相が非常時だと宣言すれば済むのではないかな」

「先生！　冗談にしても怖すぎます」

「ふむ。あながち冗談でもないのだがね」

「あたしはストーキングが一番現実味があると思ったんですけど」

「もしかしたらそうかもしれないね。それにしても裁判は変わった。国民のコンセンサスを形成、確認する場であって真実を明らかにする場ではなくなった」

「え？　政治ならそうだと思いますけど、裁判もですか？　だってそれは冤罪じゃないですか？」

「そういう捉え方もできる」

「いやいや、だって他に犯人がいるなら冤罪ですよね。あたし、なにか勘違いしています？」

「なにも間違っておらんよ。そもそもなにも起きていない段階での裁判だから冤罪の概念も変化していることになるのかもしれない。犯行に至ってないのだから、犯罪者ではあっても実行犯ではない」

「ええっ、で、でも、犯罪やってるわけですよ」

「違法なことをすれば犯罪という定義ならその通りだが、頭の中で計画していたことは本人以外には知りようもないからこの法律は客観的に考えて蓋然性が高いという状況証拠があれば犯罪にできるわけだ。そして客観性とは相互主観性に他ならない。特に日本ではね」

「じゃあ、みんなが犯人だって言ったら犯人になるっていうことですか？」

「あまりにも日本的だがね。経済的にも真犯人や本当のテロの準備や計画を暴くより、事前に国民が合意できる犯人を逮捕し、計画を阻止する方が安くて早い。政治も同じだ。政策を訴えて当選し実行するより、自分たちを支持するように世論操作を行った方が安くて簡単だ。世の中全体が世論操作による管理に向かっているというのが拙者の見解だよ」

「だって……それじゃ犯罪の予防になりませんよ」

「世論をまとめて監視を強化できれば予防につながる。監視が強化されれば抑止力にもなる。今の監視態勢よりももっと事前にたくさんの情報を集めて行う監視の方が効率よく確実に予防できると彼らが考えたとしても不思議ではない」

彼らとは為政者のことなのだろう。でも、それでは国民を騙す独裁者ではないのか？

「先生はこれから日本がどうなると考えているんですか？」

「世界に先駆けた事前捜査社会になるか、あるいは……」

「あるいは？」

「クーデターで全体主義に移行するかのどちらかだろうね」

「どっちもお先真っ暗じゃないですか！」

「そんなことはない。山崎くんだって独裁者になれるチャンスはある。君ならいい世の中にしてくれるんじゃないのかね？」

「なりたくないです」

麻紀子はため息をついた。南方はどこまで本気なのかわからない。


テロ等準備罪の施行は日本社会に大きな波紋を呼んだ。その時点でなにも罪を犯していない人間を逮捕し、処罰する。そのためには犯行前の事前捜査が必須になる。犯罪と無関係な人も捜査され、蓋然性が高いと判断されれば逮捕、処罰されるわけだ。だが、これは特別なことではない。アメリカをはじめとする諸外国では当たり前のように行われている。

従来の司法は実際に起きた事柄について、証拠を積み上げて犯人を特定し裁く。その人物が確かにその犯行に関わったという証拠がなければならない。「準備した」だけで犯行にいたっていない人物を罪に問うのとは全く異なる。極論すると、犯罪利便性の高い商品を購入したり、サービスを申し込んだりしただけでも逮捕できる。各種準備罪が次々と成立し急速に態勢を整備したせいで、あちこちで摩擦が起きた。

準備罪が適用された判決のいくつかに対して冤罪という声が上がり、その結果社会的な反発や不満が高まり、デモなどの抗議活動が活発になった。野党は色めき立ち、あわや首相退陣か？というほどに危機的状況に陥った。

追い込まれた政府が出した改善案は世界でも類を見ない「国民総陪審員制」だった。判決に文句があるなら自分でやってみろと。二十歳以上の国民全員が陪審員となり、投票は義務となった。国民自身が有罪か無罪かを決められる。もちろん全ての裁判で全国民の審判を仰ぐわけではない。司法省が指定した裁判に限られる。

国民総陪審員制が可能になった背景には人工知能の発達がある。司法省のサイトで法律や過去の判例を元に迅速に適切なアドバイスを受けられるようになり、専門の教育を受けていなくても経験ある専門家と同じように判断ができるようになった。もちろんそれより自分の印象や感情を優先する者も多いが、それは現実の専門家でも同じだ。

公判は従来の裁判と区別するため、「特別指定裁判員裁判」通称「公開法廷」と呼ばれ、検事と弁護人も従来の司法試験を通った専門家だけでなく、そのためだけの人間も用意された。本来、「公開法廷」とは一般国民が傍聴できる裁判のことをさし、裁判の原則として憲法で定められているものだが、わかりやすい言葉だったため新制度の通称として広まった。

公開法廷は国民的な行事となり、テレビ局もわざわざ帯で枠を設けて裁判と投票の傾向を放送している。

「それより先生。シチズンラボがまた新しい監視を暴露しました。アメリカのテキサス州の警察がＳＮＳ《ソーシャルネットワーキングサービス》を人種と思想に基づいて監視していたそうです」

麻紀子はノートパソコンの画面を切り替えて記事を表示する。シチズンラボは、カナダのトロント大学にある研究所だ。ネットの自由を守るためのさまざまな活動を行っている。特に注力しているのが、政府による監視活動の告発だ。

麻紀子がシチズンラボを知ったのは、二〇一三年に発表された“You Only Click Twice: FinFisher's Global Proliferation”と題するレポートだ。世界二十五カ国に及ぶ国際的サイバー諜報活動が暴露された。これらの国々には、マルウェアに命令を出すサーバ（C&Cサーバ）が存在していた。マルウェアは悪さをするソフトの総称で、以前はコンピュータウイルスと呼ばれていたもの。そのマルウェアを使って相手のパソコンやスマホにマルウェアを感染させ、情報を盗んだり盗聴したりして監視を行っていた。

シチズンラボによれば、エチオピア政府やベトナム政府などの国々が反体制派や人権活動家、仮想敵国をターゲットとしてマルウェアを活用していたようだ。

最初は、国家が人権活動家や反体制派をマルウェアで監視するという発想がよく理解できなかった。警察が捜査のために通信を傍受するのならわかるが、思想的に問題のある国民を監視するために盗聴するなど考えられないことだ。しかし、そうした監視が特殊なことではないのは、二十五カ国もの国の名前が挙げられていることからもわかる。こうしたマルウェアは、ガバメントウェア、ポリスウェアあるいはリーガルマルウェアと呼ばれるらしい。

麻紀子は、ネットと社会との関わりを研究するメディア論をテーマにしていた。当初は、「メディア」としてのインターネットを研究していたのだが、最近は徐々に社会のコミュニケーションインフラとしてのインターネットに関心が変わってきた。

インターネットは「メディア」ではあるが、従来のものと比べて双方向であり、しかも日常生活に溶け込んでいる。誰もＬＩＮＥをメディアとして認識してはいないだろう。自分自身の感覚器官の一部に近い。その感覚器官が政府に監視される。自分の耳や目がそのまま筒抜けになるようなものだ。考えられない。

「公開法廷よりもそっちが本題だな」

南方はじっと画面を見つめた。

その夜、麻紀子は自宅のベッドで寝転がって、ビールを飲みながら、スマホで公開法廷の判決を見た。夜の十時から判決が生放送で判決が流れる。といっても陪審員の総数や内訳が表示され、最多の者が判決となるだけの簡単なものだ。

南方の予想は当たった。今回の事件はテロの準備行為と認定された。

麻紀子はひどく不安になった。理由はわからないが、なにか嫌なことが始まるような気がした。

第一章　学芸大学超可能殺人事件

渋谷駅と神泉駅の間くらいに位置する雑居ビルのＩＴ企業で石倉《いしくら》は働いていた。できて五年の若い会社だが、業界でも認知され、投資家から数億円の出資も得た。石倉は大学の先輩が起業メンバーだったこともあり、卒業すると同時に就職した。大手と違い教育できる余裕もそのための人もいないから、自分で試行錯誤し、わからない時は先輩たちに教えてもらってなんとかやっている。

「石倉！《声の盾》の記事が出てるぞ。見たか？」

隣席の先輩から声をかけられた。

「いえ、見てないです」

日本では市民団体と聞いただけでうさんくさい団体、怖いものというイメージをもたれがちだが、《声の盾》はさまざまな社会活動を行っているまっとうな組織だ。少なくとも石倉はそう信じている。

この会社のよいところは《声の盾》の活動も快く許してくれている点だ。社長は自分たちの事業がいずれは社会を変えると公言しており、だったら社員が社会活動をしていてもいいじゃないか、むしろそこで見聞を広めておいて仕事に役立ててほしいと語っている。

「へえ、ああ、これですか」

先輩に教えてもらって記事を石倉は自分のパソコンのディスプレイに表示させる。先週、《声の盾》で行った集会についての記事だ。たいした内容ではなかったが、ネットで有名な評論家がゲスト参加したことで取り上げられたようだ。

「元気だよな」

先輩がぼそっとつぶやいてため息をついた。

「お疲れのようですね」

石倉はどう反応してよいものかわからない。社長は市民活動に好意的だが、社員全員がそうというわけではない。表だってなにか言われることはないが、内心快く思っていない者もいる。石倉は社内で《声の盾》の話題はできるだけ触れないように心がけていた。それでも先ほどのように他の社員から話題を振られることは少なくない。なんといっても社長自身がちょくちょく石倉に質問しにやってくるのだ。

「シチズンラボのレポートは読んだ?」

「読みました」

「昼飯おごるから教えてくれる？　英語苦手でさ」

「いいですよ」

といった会話はちょくちょくだ。

社長が石倉の市民活動を賛成している裏には、それが会社の事業にも関係していることが大きな理由となっている。世界ではフェイスブックやツイッターをはじめとするＳＮＳのデータの分析が政府機関や企業にとって必要不可欠になった。ＳＮＳの動きをいち早く察知し、次の動きを予測しようと躍起だ。

石倉は大学でＳＮＳの分析について研究し、指導教授と共同で国内のカンファレンスで発表したことがある。それがきっかけで先輩から声をかけられた。日本にはそれなりにビッグデータの専門家はいるがＳＮＳのデータ分析はそれとはじゃっかん異なる技術が必要になる。単なるデータ収集と分析ではなく監視活動でもあるのだ。《声の盾》でもＳＮＳについては世論操作の観点から取り組んでいた。

アメリカでＳＮＳ分析ツールが普及したのは黒人人権活動が活発になった時だ。抗議行動が暴動に発展したのを見た各地の警察がＳＮＳの監視のために一斉に導入した。ＳＮＳへの投稿から傾向を読み取り、騒動の中心のアカウントとそれをサポートするアカウントを特定する。さらに投稿内容などから個人情報をできるだけ特定する。こうした分析には独特のノウハウがある。

石倉は複雑な思いでいた。なぜなら彼がこのテーマを選んだ理由は政府やサイバー軍需企業の監視の実態を暴き、市民のプライバシーを守るためなのだから。そのためのツールを開発している企業に勤務しているのは矛盾しているような気もするが、健全な形でのＳＮＳを願うという立場では矛盾はない。

石倉自身の中でも、仕事と市民活動に矛盾は感じていなかった。彼にとっては、どちらも社会をよくするための活動の一環だ。

二十六歳の石倉が社会を変えることにこだわるには理由がある。石倉には人生の転機が二度あった。ひとつは高校時代、もうひとつは二年前の友人と自殺中継だ。

未だに二年前の出来事は心に深く残り、昨日のことのように思い出すことができる。名前も思い出せない中学時代の同級生にばったり新宿で会い、ちょっとだけ話をした日の夜に彼女は自殺した。目張りしたトイレにこもっての練炭自殺。耐性がついていたため大量の入眠剤を服用しても眠れず、ずっと咳き込み、「苦しい」と叫び続けた。あまりに生々しい放送だった。何十人も視聴していたにもかかわらず、誰も助けることができなかった。揶揄する者や互いにお前のせいだとののしり合う者もいた。

石倉はひどくやるせない気持ちになった。なにもできなかったし、やろうともしなかった。ただ指をくわえて悲劇の成り行きをながめていただけだ。

＊

形にならない不安を抱えたまま麻紀子はレポート作成に一週間を費やした。南方に頼まれた仕事の締切がせまっているのだ。少しでも進めておきたい。南方がどこかの企業から請け負ったアルバイト仕事を、麻紀子のような助手や学生に下請けに出している。簡単なレポート書きとはいえ、貴重な収入源だ。麻紀子は他にもフリーライターの真似事でＩＴ系のウェブマガジンに寄稿している。どれも細かい仕事だが、それなりにおもしろく報酬も積み上げれば結構な額になる。数日で仕上げて、次の論文の準備を始めないといけない。

気がつくとどっぷりと日が暮れていた。公開法廷の新しい公判が始まるのを思いだし、公開法廷のアプリをパソコンで起動する。公判の最初の数日は三人の被告について詳細な確認が行われる。投票前にはまとめられるから生放送を見る必要はないのだが、麻紀子は気分転換したかった。それに現実の法廷とはいえ、より多くの支持を集めるために検事も弁護人も演出に工夫をこらしており、見応えのあるエンターテインメントにもなっている。

――冒頭陳述。

起動と同時に画面に大きな文字が表示された。どきりとして画面の時刻表示を確認すると、夜の十時を回ったところだった。ちょうど、公判が始まったのだ。テーマ曲が流れ、事件現場らしい写真が次々と表示され、意味ありげなキイワードが画面に踊る。殺人、不倫、ストーカー、離婚……

麻紀子は、徐々に話に引き込まれていく。

——いかん。レポートに集中しなきゃ。公判を観てるとそっちに集中してしまう。いや、でも、これ気になってたヤツだしなあ。

麻紀子はパソコンに表示されている原稿の画面と公判の画面を交互ににらむ。

麻紀子が観ている事件は、東京の学芸大学のマンションで発生した女子大生の密室殺人事件だ。近所の住人が在宅だったにもかかわらず、助けを求める悲鳴もなく、殺害されていた。警察の捜査でも目撃証言、物的証拠のいずれもが見つからず、迷宮入りしそうになっていた。

なぜこの事件が公開法廷に持ち込まれる？　と思っていたが、テロに関わる被告もいたので納得した。公開法廷は原則として準備罪に関係する事案を扱うことになっているが、三組の被告の全てがそうでなければならないわけではなく、どれかひとつが準備罪に関係していればよいのだそうだ。

パソコンから事件のあらましを解説する冒頭陳述を読み上げる声が流れる。どこかで聞いたことがある。おそらく人気声優を起用しているのであろう。張りのあるいい声だ。くわしいことはわからないが、人気声優の声をそのまま使ったものと、リアルタイムで検事や弁護人の声を人気声優の声のように変換するものを併用しているらしい。当初は検事や弁護人の肉声が多かったが、声の善し悪しや話し方が陪審員の判断に影響することがわかってから肉声は少数派になった。

何者かが被害者宅の鍵の３Ｄデータをネット上に公開した。これをそのまま３Ｄプリンタで印刷すれば合い鍵として利用できる。このような先例がなかったため、しばらくデータはそのままで放置された。

複数箇所にアップされたデータは翌日にはそれぞれの運営者によって削除されたが、ダウンロードしたデータを再びアップする者もいていたちごっことなった。のちに警察が検証したところ、印刷した鍵で確かに侵入することができた。

鍵のデータをダウンロードすると、マンションの住所と部屋番号、氏名までご丁寧にコメントでついていた。もちろん被害者は鍵を交換したい旨、管理人に申し出てはいたが。

また、隣のマンションの壁に設置した小型の監視カメラで被害者宅の窓を撮影しており、窓の明かりによって在宅か否かわかるようにしていた。このカメラの画像は、カメラへのアクセス方法を記した書き込みが掲示板やツイッターなどで出回った。

さらに管理人の予定表やマンションの住民がほとんどいなくなる時間帯、人目を避けて移動するための道順など犯罪の幇助の情報を惜しげもなく、公開していった。情報が全て本当なら、人目につかずに被害者宅に忍び込み、犯行におよんだのち、そのまま逃げおおせる。

そして、マンションのフロアマップまでもネットにアップされた。どこで血のついた服や凶器を捨てればよいかを書き込んであるという便利すぎるものだ。たちが悪いにもほどがある。

モデルにあげられていた目撃者ゼロで無事に犯罪を遂行できるパターンは五つ。そのうちのひとつとぴったり当てはまる手順で被害者は殺害された。

何者かはさまざまな方法で、「超可能犯罪」の状況を作り出していた。「超可能犯罪」とは、誰でも簡単に犯行におよぶことができ、証拠なども残らない犯罪のことだ。たとえばインターネット上の特定のサイトからデータを簡単に盗み出す方法と痕跡を残さない方法があったとして（実際、そのふたつの方法があるサイトは珍しくない）、データを盗み出すのは「超可能犯罪」になる。サイバー犯罪の多くは「超可能犯罪」だ。ちょっと頭の回るサイバー犯罪者は匿名性の高い方法でばれないように犯罪を行う。したがって犯行方法がわかっても、誰がやったのかわからない。そしてインターネットにつながっている端末は理屈でいえば世界中からアクセス可能なのだ。対象となる犯行可能な人物が無数に存在するため、犯人の特定が困難となる。そして実際にデータを盗み出した実行犯とは別に、その方法を紹介した者をメタ犯人と呼ぶ。

「超可能犯罪」の状況を作り出した後は匿名の実行者が現れるのを待つだけだ。被害者の顔写真やプロフィールが次々とネットにアップされ、被害者は警察に相談し、掲示板やＳＮＳ運営会社に問い合わせして情報をアップした人物を特定しようと試みたがいずれも匿名の通信ソフトを利用しており、正体はつかめなかった。

また被害者のスマホはマルウェアに乗っ取られており、全ての通信は盗聴されていた可能性がある。乗っ取った犯人および通信先は特定できなかった。同様に母親である鷺山《さぎやま》かをると父親である鷺山公一《こういち》のスマホも乗っ取られており、こちらも犯人、通信先ともに不明である。

証言や日記などからわかった主なものは左記の通り。

◉被害者である鷺山みらの、鷺山みらのの父親と母親のスマホは同種のマルウェアに感染していた。マルウェアは定期的に外部と通信を行っていたが、通信先および通信内容は特定できなかった。

◉この三名は全員ダークウェブに定期的にアクセスしていた。一般の人間がダークウェブを閲覧するのは珍しいが、鷺山みらのおよび家族の個人情報がダークウェブに掲載されていたことも多かったため、それをチェックするためと考えれば不自然ではない。

◉特定の第三者がマルウェアを使って三人を監視していた可能性、相互に関係ない三人の独立した人物がマルウェアを使って三人を監視していた可能性、三人が相互に監視していた可能性などが考えられる。

◉鷺山みらのの日記によれば、三人の関係はよくなかった。母親と父親の仲は冷え切っており、いさかいが絶えず、被害者が一人暮らしを始めた原因のひとつにもなっていた。親子関係もうまくいっておらず、みらのはたびたび両親と衝突していた。

◉鷺山みらのは、ストーキング行為をしているのは両親なのではないかと疑っていた節がある。

◉近所の証言では、両親はみらののことを愛しており、過保護すぎたためにみらのが逆に反発しているように見えていた。

◉事件発生後の両親のインタビューの動画はこちら（3DCGで作られたインタビュー映像だが、モデルとなった事件での両親の映像を元にしている）。

◉鷺山かをるには年下の不倫相手がおり、離婚と結婚の約束をしていたらしいことが、ネット上で指摘されている。ネットの特定厨と呼ばれる人々が、SNSの鷺山かをるのアカウントを特定し、親しくやりとりしているアカウントを調査した結果、千葉県在住の独身の男性であることが判明した。すでにSNSを中心に話題になっており、相手の男性に問い合わせも多数いっているが、ツイッターは事件の翌日からつぶやいておらず、沈黙を守っている。

◉母親の不倫は家庭内では公然となっており、それが元で母親と父親、母親と被害者の間で口論となることも珍しくなかった。

◉家庭内での口論が常態化したのは、被害者が高校二年生になったあたりからで、そこから父親は過度の飲酒をするようになり、酔ったあげくに母親を口汚く罵ることもあったという。

◉被害者の父親は、二週間前、飲酒運転で自損事故を起こし、死亡している。一年前から家族が止めても飲酒運転を繰り返していたという。

事件発生直後からネットで騒ぎとなり、警察批判や真犯人の推理などさまざまな意見と情報が飛び交った。

インターネットで生放送を行っている、配信者と呼ばれる人々が繰り返し現場を訪れて中継を繰り返し、当時の地元は騒然となった。

今回の法廷では実行犯を裁くと声は宣言した。

「超可能犯罪」可能な環境を作りだしたメタ犯人こそ裁かれるべきであるが、その特定は困難であり、かつ現在の刑法では実行犯の方が罪が重い。しかしメタ犯人は自分は安全な場所に隠れて、誰かが実行するのを待つだけという狡猾で卑劣な犯人だ。そちらの方をより厳しく罰するべきだ。

昔のミステリには、どうやって犯行を行ったのかわからない不可能犯罪がたくさん登場したが、「超可能犯罪」はその反対だ。誰でも犯行可能だから、かえって解決が難しい。人里離れた洋館や孤島というありえないシチュエーションで展開した物語をどきどきして読んでいた素朴な時代があったなんて信じられない。今読んだら、あまりに現実離れした設定と、それを当然のように受け止める登場人物たちで興ざめしてしまうだろう。

麻紀子の知る限り、メタ犯人が逮捕されたことはほとんどない。ある程度ネットに長けた人物なら、身を隠して情報を公開することくらい簡単なのだ。おかげでメタ犯人は増加の一途をたどっている。

コンビニ店員の態度が悪かったからと、その店員の個人情報や近隣の情報などを次々とアップし、その結果その店員の自宅が盗難にあったこともあった。事件発生後、メタ犯人がネットに声明を発表したことで動機がわかった。

匿名通信ツールが普及したおかげで、やっても捕まらないという安心感が広まり、ハードルが下がった。復讐したい、いたずらしたい、でも、自分でやるのは怖いという臆病者にとって「超可能犯罪」はうってつけだ。

インターネットは「悪意のファネル」と呼ばれるが、全くその通りだ。ファネルは漏斗という意味で、ネットを通じて人の悪意が集まってくることをたとえている。悪意が悪意を呼び、ネット上に見えない相互扶助の輪が広がっている。

最初は好意の悪用から始まった。二〇一二年に発生した逗子ストーカー殺人事件では、犯人の男はストーカーになり、元交際相手の居場所を突き止めるためにネットを最大限に利用した。「昔、お世話になった人を探しています」というと美談っぽく聞こえるが、それがだましの手口なのだ。安易に答えてしまうと、ストーカーに被害者の居場所を教えてしまうことになる。

あの事件でたくさんの人が気づいた。この方法をうまく応用すれば、自分の手を汚さないで悪いことができる。

——本事件は、二〇一七年八月三日の未明に、学芸大学駅に近いマンションの一室で私立O大学文学部二年生の鷺山みらのさん、二十一歳が殺害されました。大学に姿を見せず、連絡のとれなかった被害者を心配した園山暁彦《そのやまあきひこ》が同日午後八時にマンションを訪問し、合い鍵で部屋に入って遺体を発見し、警察に通報しました。鷺山みらのさんの死因は出血多量による失血死。

——目撃者はおらず、近隣の住民の証言ではとくに目立った物音もなかったようです。このことから警察では顔見知りの犯行と考え、捜査を進めてきました。その結果、容疑者三名を特定し、被告として法廷に立たせることができました。被告には、それぞれ検事と弁護人がつきます。それでは三人の被告と検事、弁護人をご紹介します。

最初の被告の名前が表示される。園山暁彦、第一発見者で恋人という噂の男子大学生だ。警察も当初疑っていたようだが、確かアリバイがあったはずだ。それを崩すことができたのだろうか？

市民検事は内山王道《うちやまおうどう》。市民検事は公開法廷の実施にともなってできたもので、司法試験を通った本物の検事ではなく、陪審員の中から経験と実績のある者が選ばれている。

公開法廷では、陪審員にポイントを付与している。司法への貢献度の目安だという。公開法廷への投票とその結果、および投票期間中の活動内容からポイントが計算される。活動は主にネット上の活動であり、より多くの意見を発言し、自分の投票と結果が一致していればポイントがもらえる。ポイントが高い者は公開法廷の検事や弁護人に推薦される。また交通違反などの行政罰のポイントの軽減措置もある。司法に貢献することは実利にも繋がっている。

「内山王道」という名前をクリックすると、プロフィールが表示された。写真と簡単な自己紹介が掲載されている。写真は画像アプリで好感を持ってもらえるように加工されているのが普通だ。実写なだけマシだ。中には萌え絵を使っている者もいる。麻紀子にとって萌え絵の検事は信頼できないことこの上ないのだが、世間はそうでもないらしく普通に検事として活躍している。

画面に視聴者からのコメントがちらちら表示された。この法廷では、視聴者が自由にコメントを投稿できる、ニコニコ動画のような機能がある。

市民弁護人は佐々木史郎《ささきしろう》。初めて聞く名前だ。おそらく最近なったばかりなのだろう。市民弁護人も市民検事と同じく陪審員としての活動内容から判断されて、選ばれている。

次の被告は、被害者の母親、鷺山かをるだった。麻紀子は思わず、「うわ」と声を漏らしてしまった。いくらなんでも、そんなことがあるのだろうか？　疑われただけで悪質なネットいじめに発展しかねない。

おそるおそる鷺山かをるの名前をクリックしてみる。プロフィールが表示された。年齢四十六歳、身長百六十二センチ、体重五十二キロ。かなり詳細な個人情報が記載されている。不倫相手のことまで書いてあった。確かに情事は犯行の動機につながる可能性があるから、書いてあってもおかしくない。だが、国民全員が閲覧する場所で公開してよいものなのだろうか。

相手は年下で被告との結婚を熱望している、とも書いてある。三十七歳……ほぼ十歳年下だ。俄然、被告に興味がわいてくる。いったいどうやって、付き合うことになったのだろう？

それも書いてあった。オンラインゲームで知り合ったのだという。同じチームで一緒に戦ううちに、だんだんと親しくなり、リアルでも会うようになっていたという。

検事は、現在売り出し中の山岡秋声《やまおかしゅうせい》という検事だ。半年前、ポイントが基準点に達して検事になったばかりだが、新人とは思えない的確かつ論理的な推理で評判となっている。麻紀子の知る限りでは四回法廷に登場し、四回とも彼が勝った。つまり、彼が糾弾した被告が真犯人になっている。

山岡秋声の名前が表示されたとたんに、画面がコメントの嵐になった。「名検事登場！」、「待ってました！」、「我らのヒーロー」といった文字が画面を流れる。コメントの量が山岡秋声の人気を物語っている。

――でも、検事の人気が、真相を左右してしまうのは危険だな。

法廷は公明正大であってほしいと麻紀子は願うのだが、実際にはひいきの検事の下した結論を鵜呑みにする陪審員は少なくない。そもそも、ほとんどの検事はツイッターなどのＳＮＳのアカウントを持っており、そのフォロワーはほぼ無条件で検事の意見に従う傾向がある。正直、いちいち公判の内容をちゃんと確認して判断するような手間をかけられる国民は一握りだ。

麻紀子はレポートそっちのけで公判に釘付けになっていた。画面に表示されている山岡秋声の名前をクリックし、プロフィールを表示させ、ツイッターのフォロワーの数を確認する。二百四十三万九千九百八十七という数字を見た時、一瞬見間違えかと思った。

また、山岡秋声が勝つかもしれない。だったら、自分も鷺山かをるに投票しておいた方がポイントアップになっていいかもしれない。一瞬、そう考え、すぐに否定する。そんなことはダメだ。公明正大に、内容を吟味して決めなければいけない。

山岡秋声のフォロワーだって、必ずいつも彼の判断を支持するとは限らない。そうでなければ公正な公判とは言えない。見事な推理で真相を解き明かし、弁護人を論破した検事に軍配を上げなければいけない。

弁護人は川野《かわの》俊介《しゅんすけ》だ。山岡秋声ほどではないが、コメントが次々と画面に現れる。初期の頃からいる実績ある弁護人だ。人情派としても知られ、陪審員の情に訴えるのがうまい。

山岡秋声と川野俊介という組み合わせは、なかなか見応えのある戦いになりそうだ。川野俊介のツイッターのフォロワーは五百万人を超えていた。これだと勝敗はわからない。いや、川野俊介の方が有利かもしれない。

最後の検事は星野博房《ほしのひろふさ》だ。被告は、吉野大樹《よしのだいき》という近所に住む青年だった。日頃からストーカーまがいのことをしていたという噂をネットで見たことがある。コメントはほとんどない。山岡秋声との人気の差は歴然としている。

弁護人は城野公平《しろのこうへい》。こちらも新人のようだ。

十月第一回　公開法廷
被告　園山暁彦、検事　内山王道、弁護人　佐々木史郎
被告　鷺山かをる、検事　山岡秋声、弁護人　川野俊介
被告　吉野大樹、検事　星野博房、弁護人　城野公平

今回の公判は山岡秋声対川野俊介が見所だが、だからといって他の検事もおろそかにはできない。もし、山岡秋声が負ければ他の検事が真相を暴いている可能性が高まるからだ。陪審員は犯人と思う被告に投票して、当てなければならない。いや、本来は真相を暴くことに集中すべきなのだが、当たれば検事や弁護人になったり、行政罰の軽減などに使えるポイントがもらえる。

これは、「みんなが真犯人と思う人物を当てる」ゲームなのだ。もっとも論理的で鋭い推理をした検事を選ぶのではない。真実の究明と相容れないことがあるのは釈然としないが、そういう

仕組みなのだから仕方がない。

株式投資とは、「みんなが美人と思う女性を当てるゲーム」という格言を思い出した。それと同じタイプのゲームだ。裁判がゲームであっていいのかという疑問はあるが、資本主義の根幹をなす経済が投資家のゲームで動いているのだから仕方がない。

山岡秋声が負ければ、内山王道か星野博房の勝ち、あるいは真犯人なしのいずれかになる。まだ検事の冒頭陳述が始まってもいないのに、ツイッターでは誰が勝つかツイートが始まっている。すでに法廷の外では闘争が始まっているのだ。最終判断は、国民の投票によって決める。それまでにいかに多くの支持者を集めるかが検事の腕の見せ所であり、それを支持する人々が力を発揮しなければならない場面だ。

公開法廷では、誰でも自由に法廷の外で話してよいことになっているから、検事と弁護人は法廷内での戦いだけでなく、法廷の外の戦いでもしのぎを削ることになる。むしろ法廷の外の方が厳しいかもしれない。なぜなら、検事は弁護人を論破するだけではなく、他の検事も論破しなければならないからだ。

法廷内だと検事ひとりと弁護人ひとりの対決になるが、法廷外だと他の検事が敵に回るのだ。たとえば山岡秋声は、鷺山かをるを犯人と考えているが、それは他のふたりの検事の主張と食い違う。ふたりの検事が違う立場で、山岡秋声を攻撃することもあるわけだ。

だから弁護人と検事が結託して論陣を張ることもある。たとえば、今回の事件だと、山岡秋声と相対している弁護人の川野俊介が、検事の内山王道と手を組んで山岡秋声を論破することも作戦としては成立する。

本来の法廷に比べると、いろいろなことがネット上にオープンになって進む。公開法廷という名前通りだ。

続いて検事の陳述に移った。


——内山王道の冒頭陳述と立証。


画面に文字が表示され、続いて内山王道のアイコンと主張が表示される。丸顔ながらもきりっとした顔の好男子のアイコン。これから検事が自分の主張を述べ、証拠を提示する。柔らかい口調の声がパソコンから流れ出る。

「内山王道です。まず、当日の被害者の行動をおさらいすることから始めたいと思います。大学の友人と食事をして、午後九時には帰宅しています。大学の友人の証言があります。また帰宅途中に立ち寄ったコンビニの店員から証言も得ております。マンションの出入口には監視カメラが設置されており、そこにも被害者と思われる人物の映像が残っています。

翌日、被害者は大学の講義に現れませんでした。事件当日、一緒に食事をした友人たちが不審に思い、教室内で話をしていたところ、近くでそれを聞いていた園山暁彦が、『自分も連絡がとれない』と言いだし、帰りに寄ってみると言いました。

園山暁彦は監視カメラの記録によると、午後七時四十分頃、被害者のマンションに現れています。それからプリントした合い鍵を使って被害者宅に入り、遺体を発見し、通報しています。

被害者が帰宅した当日午後九時から翌日午後八時までが空白の時間となっています。死亡推定時刻は午後十一時から午前零時の間。

すでに多方面で指摘されているように本事件は超可能犯罪であり、他のほとんどの人と同じように園山暁彦にも犯行は可能でした。ただし、それ以上でもそれ以下でもありません。

園山暁彦は事件当日、被害者宅で被害者の帰りを待っていました。そして被害者が帰宅してから凶行に及んだものと考えられます」


公開法廷においては、検事が主に動機と犯行可能であることを立証する。もちろん、犯行そのものの目撃者や直接犯行に結びつく証拠があれば、それが一番いい。しかし、もしそんなものがあるなら、公開法廷に持ち込まれる前に解決している。

状況証拠など間接的な証拠から因果関係を明らかにすることを疫学的証明と呼ぶが、公開法廷で扱われる事件のほとんどで疫学的証明が用いられる。

「問題となる動機は、別れ話のもつれからのケンカと推定されます。被害者の友人は彼氏と別れたいが嫌だと言われて困っている、という相談を受けております。こちらにその人物の証言があります。本人の希望により、匿名での証言となります」

内山王道がそう言うと、女性の声の再生が始まった。この法廷では匿名での証言が可能だ。裁判官、検事、弁護人には正体を明かし、証言に嘘偽りがないことを宣誓しなければならないが、外部に対しては完全に匿名で通すことができる。

女性は事件の二週間前から別れたいという相談を受けていたという。また、被告の元彼女という人物も現れ、被告が激情家だったことを証言した。プライバシーもなにもあったもんじゃないな、と麻紀子はあきれる。裁判とはいえ、全国民の前で過去の行状まで暴露されてしまうなんて耐えられない。

その後も内山王道は次々と被告がいかに感情的で衝動的な行動に走りやすいかを強調した。麻紀子は、それを聞きながら内山王道は負けそうだなと感じた。なぜなら、この事件は用意周到に準備されていた可能性が高く、だから証拠もほとんど残らず、超可能犯罪になっているのだ。衝動的な犯人像とは相容れない。

——佐々木史郎の陳述。

続いて、弁護人佐々木史郎の話が始まった。細面にメガネの顔。どことい って特徴がない。よい印象はもたれないが、悪い印象ももたれないだろう。あえて印象の薄いキャラクターにしているのだろう。写真を加工して現実の姿とはだいぶ違うキャラクターにすることも可能だから、印象に残る顔や好印象を持たれそうな顔を用意する検事や弁護人は多い。しかし陪審員からすれば食傷気味だ。そのため、かつては好感を持たれた顔のアイコンが今となってはマイナスになることも多々ある。しかし、すでに自分のアイコンとして定着しているので、おいそれと変えにくい。それに比べるとプラスもマイナスもないアイコンは賢い選択なのかもしれない。

「みなさん、被告である園山暁彦氏の弁護人の佐々木史郎です」

ぎょっとした。第一声から驚かされた。声に特徴がありすぎる。鼻にかかった甲高い声。それに歌を歌っているような独特のリズムがある。アニメならマッドサイエンティストの役ででき そうな感じの声だ。これは好き嫌いが分かれそうだ。アイコンに特徴がない代わりに声質で特徴を出したのだと思うが、この声は博打だ。

「まず、申し上げたいのは監視カメラに残っている映像についてです。検事側の冒頭陳述では触れられませんでしたが、死亡推定時刻前後数時間の映像はありません。何者かによってハッキングされ、動作していなかったのです。従いまして、被告以外の真犯人がその間に出入りしていたとしても我々には全くわかりません。監視カメラに被告の姿が映っていたからといって、それは決め手にはならないのです。被告自身の証言によれば、大学の講義の資料を借りによっただけだそうです。その時間帯に監視カメラが動作を止めることはネットで予告されていました。監視カメラの動作状況については、配布資料に掲載されているので、気になる方はご確認ください。そもそも監視カメラが正常に作動していては『超可能犯罪』にはなりにくい」

麻紀子は、あっと思った。確かにその通りだ。超可能犯罪というなら監視カメラはあてにできないはずだ。

「続いて動機についてです。確かに被告は情熱家かもしれません。しかし、だからといって世の中の全ての情熱家が殺人を犯すわけではありません。別れ話がどれくらい深刻だったか今となっては知りようがありませんが、学生時代の恋愛です。殺すまで深刻になるでしょうか？　もしそうなっているなら、被告は日常生活にも支障をきたすほどに思い詰めているはずですが、そのような証言はなく、普段通り講義に出席していました。以上のことをもちまして、被告は本件でなんら関わりがないことを確信しております。陪審員の方々におかれましては、資料に書かれた事実を踏まえた理性的かつ論理的なご判断をお願いいたします」

証人も証拠もなく短めな話だったが、充分に効果的だった。特徴的な声のせいでよけいに記憶に残る。


——引き続き、検事の論告。内山王道。

すぐに再び検事内山王道の論告が始まる。この法廷においては、求刑は行わない。有罪か無罪かを決め、刑の内容は裁判長が決定する。

「被告園山暁彦の犯行は、その動機および監視カメラの映像という物証からも明らかであります。弁護人が指摘したように監視カメラには動作していない時間帯がありました。しかし、だからといって被告が犯行時間の前に被害者の部屋を訪れた事実がなくなるわけではありません。賢明なる陪審員諸氏の判断に期待します。私からは以上です」

――弁護人、佐々木史郎。

弁護人、佐々木史郎は最終弁論を始めた。

「あらためて付け加えることはございません。被告には動機はなかった。監視カメラは証拠にはならない。この二点で無罪の証明としては充分だと思います。陪審員の方には、疑わしきは罰せずという基本を噛みしめていただきたく思います。私からは以上です」

最終弁論に続いては、被告に発言の機会が与えられる。

公開法廷に立つのはかなり勇気が必要だ。よく引き受けたものだと思うのだが、中には自分の潔白は自分で証明したいと思う者もいる。状況証拠や他の証人の証言で裁判が進んでしまうことに耐えられないのかもしれない。確かに被告本人が登場した方が心証がよくなる可能性は高い。

――被告が陪審員に伝えたいことがあるそうです。被告、どうぞ。

画面にテロップが出て、被告本人ではなく、本人が書いた原稿を声優が読むのだとわかった。
「僕ではありません。佐々木先生もおっしゃったように別れ話はありましたが、そんなに深刻なものではありませんでした。そうでなければ講義の資料を借りにいけるわけがないでしょう。あんなことするはずがないじゃないですか。なぜ、この法廷に呼ばれたのか全くわからないんです。被害者の鷺山みらのさんは、僕が愛した人なんです。ぜ、絶対にそんなことはしません」
被告を担当する声優は、見事に怯え、震える様子を再現していた。さすがにうまいと思う。おそらくリアルタイムで声優の声に変換しているのではなく、あらかじめ録音しておいたものだろう。素人ではこれだけ迫力のある声は出ない。声優の演技の善し悪しが裁判の結果に影響するのもひどく理不尽だが、普通の裁判の結果も被告の態度で左右されることもあるのだからしかたがないのだろう。

――閉廷。

気がつくと第一回公判は終わっていた。一日一時間弱の間に、被告ひとりずつの公開法廷を生放送し、最後に陪審員の判断を仰ぐ。ただ、ネット投票の性格上、陪審員同士が議論することはない。

このあとSNSで論争が繰り広げられる。あちこちにまとめサイトが作られ、掲示板にはスレッドが乱立する。裁判所は、ネキャスというインターネット上の生放送サービスと提携しており、『公開法廷』を取り上げる大手配信者の放送に推薦マークをつけて紹介している。閉廷中に公開法廷のサイトを開くと、常時各所で進んでいる議論の紹介や動画が流れている。

麻紀子の目の前のパソコンの画面には、各SNSやまとめサイトの見出しが流れている。レポートは全く進んでいない。いけない。やらなきゃと頭を切り替えようとするが、さきほどの事件のことが気になって手に着かない。どうしようもないので、よく利用しているまとめサイトで事件のあらましをおさらいする。

翌朝、麻紀子は目覚まし時計で飛び起きた。結局、明け方近くまで事件のことを調べていて、挙げ句に寝落ちしてしまった。あわてて身支度をととのえて家を出る。三十分で全ての支度を終えるスキルは一人暮らしにはかかせない。

息を切らせながら、ぼんやりした頭で大学に向かう。池袋の駅から徒歩十分ほどの場所にある古い大学。今の麻紀子の立場は助手、と言えば聞こえがいいが、ていのよいアルバイトに過ぎない。博士課程に身を置きながら、こまごました雑用を手伝って日銭を稼いでいる。

偏ったテーマばかり追いかけるので、南方も「僕から指導することはなさそうだね」と聞きようによってはさじを投げられたように扱われている。文系で博士課程というのは絶妙に潰しがきかない。さらに大学もハンパなポジションだ。知名度はそこそこだし、偏差値もそこそこ、実業界の人脈もそこそこで目立って飛び抜けたものがない。悪くはないが、よくもない。博士課程の先輩は、どこかの大学に潜り込むか、文筆業で身を立てるか、高等遊民という名のニートになるかのどれかだった。

麻紀子としては、せっかく研究してきたのだから研究で身を立てたいと思うが、今となっては小説を書いてノーベル文学賞を取るくらい無謀な夢に思えてきた。

都内にしては緑の多いキャンパスを抜けると、奥に研究室棟がある。文学部、社会学部、経済学部などの研究室がまとまってひとつのビルに収まっている。麻紀子の所属する社会学部の研究室だけがまだその横の木造二階建てに入っている。南方研究室は二階だ。建物に入ってすぐ横にある事務室に寄ってタイムカードを押さなければならない。

「おはようございます」

職員に笑顔で挨拶し、タイムカードを押す。そのまま事務室を出て、「どっこいしょ」と思わずつぶやきながら階段を上り、研究室までたどりついた。

自分が一番のりと思って鍵をあけようとしたら、すでに開いていた。まさか、教授？　と思いながら扉を開けると学部生の吉永修《よしながおさむ》がいた。

「おはようございます」

人なつっこい整った顔に、キノコのような髪型のメガネ男子だ。決してイケメンではないのだが、どことなくかわいいのでこの研究室では愛されている。

「あれ？　なんでいるんだっけ？」

だが、吉永は四年生だ。就活期間中だからゼミ活動は事実上休止だし、そもそも今日は学部生のゼミがある日ではない。

「卒論指導の日ですよ」

「あっ、そうか。完全に忘れてた」

社会学部の卒業に卒論は必要ではなくなったのだが、もちろん提出することはできるし、単位にもなる。熱意があるか、単位が欲しい学生しか卒論はとらない。

「僕、就職は決まってるんで、あとは卒論だけなんです。お願いしますよ。卒論が通ると、卒業に必要な単位数になるんです」

「書いて出せば通るから大丈夫。書いて出して落ちた人っていないと思うよ」

必須でないのに卒論を提出する心意気に免じて、ほとんどの教授は中身も見ずに合格にする。

「そうなんですか？　去年、落ちた人がいるって聞きましたけど」

「だって、原稿用紙十枚しか書いてなかったし、ほとんど読書感想文だったから、あれは例外でしょ。原稿用紙三十枚以上書けば大丈夫」

さすがに枚数があまりにも少ないとはじかれることがある。中身を見なくても手に取った瞬間にわかってしまう。

「多いと思うんですけど……」

「三十枚なんてちょろいでしょ」

麻紀子がそう言うと、吉永はため息をついた。麻紀子は南方の席と背中合わせの自分の席に腰掛け、バッグからノートパソコンを取り出す。昨日のレポートの続きをしなければいけない。

「なにかわからないことがあったら訊いてね」

卒論指導もバイトの仕事のひとつだから、やることはやっているスタイルを見せなければならない。

「教授は？」

「さあ、来るか来ないかわからない。いちおう、来ることになってるんだけど」

大学教授は気楽な商売だと思う。週に何回か大学に来ればいいだけで、特にノルマもない。論文も書かなくていいし、学会発表もしなくていい。講義を担当しなければならないけど、それだって専門知識を持たない学生相手だから塾の講師より楽だ。

問題は教授になるまでが大変ということだ。昔ならなり手がいなかったから楽だったのだろうけど、今は激戦で博士課程を終了しても行き場のない者たちがあふれている。かくいう麻紀子もそのひとりになりつつある。

大学を卒業する時、就職したくなかった。特に大きな理由があるわけではなく、やりたいことがあったわけでもない。ただ、とにかく働きたくなかった。我ながら子供じみた考えだと思う。そんなことを言ったら間違いなく親から大反対されるので、「やりたい研究がある」とウソをついて説得し、ゼミの教授に相談して修士課程に進んだ。

麻紀子の指導教授、南方宗一郎は、一風変わった経歴の持ち主だった。裕福な家庭に生まれ、東大に進み、住友金属という優良企業に就職した。順風満帆な人生を送っていたのに、ドロップアウトして大学に戻った。研究の道に入ったのはドロップアウトとは言わないかもしれないが、日本のメインストリームからは外れた。日本では企業人になるのが一番当たり前で安全でメインストリームだ。

よく言えば寛容、悪く言えば適当な南方のおかげで、麻紀子は快適なゼミ生活を送ることができ、そのまま博士課程でもお世話になることになった。

「うちの奥さんに言わせると、僕は〝買いかぶりの天才〟なんだそうだ」

南方の口癖だ。南方は学生の言葉にいちいち感心し、真面目な顔をして、「あいつは才能がある」と言い出す。言われた方は、適当なことを言ってると思いながらも悪い気はしないし、また南方に話をしようという気になる。

まるで甘々のカウンセラーみたいだ。でも、ものを教えるというのは長所を伸ばすことだから、それでいいのかもしれない。逆に企業だとやりにくそうだと思う。もしかすると、そのへんが原因で辞めたのかもしれない。昔のことについて多くは語らないので、あえて訊かないようにしている。

昼近くになってから南方が研究室に姿を見せた。百八十センチ近い長身に、見事な銀髪、やせて飄々《ひょうひょう》とした風貌はどことなく文筆家を連想させる。あまり大学教授には見えない。

「おはようございます」と挨拶する吉永と麻紀子に、南方は軽くうなずく。

「なんかあったかね？」

すたすたと自分の席に腰掛け、電子タバコを取り出す。学内は禁煙だが、電子タバコは黙認されている。タバコを離せないヘビースモーカーの南方は電子タバコと普通のタバコの両方を携行している。

「特に何もありません」

麻紀子が答える。自分もさっき来たばかりだとは言わないでおく。本当なら一時間以上前に来なければならなかった。

南方は、「あ、そう」とうなずき、電子タバコを吸う。さらになにか言いそうな気配がして、麻紀子と吉永は、無言で南方の言葉を待った。

「うちの大学に検事がいるらしい」

タバコをくわえたまま、ぼそっと南方がつぶやいた。一瞬、なんのことかわからない。南方は電子タバコをくわえたまま、天井を見上げている。

「公開法廷の検事」

「へえ、ほんとですか？」

初耳だ。

「この間の教授会で話題になって、ワシに心当たりはないかっていうんだ。そんなのわからんよ」

公開法廷の検事や弁護人は必ずしも本名を名乗る必要がない。偽名を使われていたら正体はわからない。

「会ってみたいですけどね」

「ワシは君かもしれないと思っていたんだが……」

「あ」

「君の頭脳と妄想力があればできそうじゃないか」

「まさか、無理ですよ。そもそもそんな時間ないですもん」

思いがけない言葉に戸惑う。傍から見ると、自分はそんな風に見えるのだろうか？　自分は全くもって論理的ではないし、想像力も乏しいのだが。

「山崎先輩ならありそうです」

吉永が本当はそうじゃないんですかという目つきで見る。

「ないってば。あんな推理とか無理だもん」

「もしそうだったら、ワシは教授会で自慢できるんだが」

「だから違いますってば。でも、いったいどんな人が、どんな風にやっているのか見てみたい気はします」

「ふうむ。あの検事は職業として考えた場合、どうなんだろう？」

「あまり報酬はよくないみたいです」

南方の疑問に吉永が即座に答えた。

「ほお、そうなのか?」

「あ、でも、ある程度実績を積むと裁判所というか運営を委託している会社が雇ってくれるって話があります」

「社員として雇うということかね? 公開法廷の外注先の会社の社員なら安定してそうだ」

「えー、私は嫌ですよ。だって、なにか問題が起きたら取り返しのつかないことになります」

「そのために陪審員がいるんじゃないのかね? 最終的に決めるのは陪審員だ」

「そうですけど、この人が真犯人に違いありません、ってさんざん言っておいて陪審員に否定されるのも怖いです。恨まれそう」

「告発された方からすればいい気分ではないだろうな」

「それよりメタ犯人の方が気になるんです。私のテーマのメディアと監視にも通じるものがあるような気がしています。国民が全員やろうと思えば、メタ犯人になれる社会になってしまいましたよね。それってなんというか、逆方向の監視社会なんじゃないかと考えていて」

「逆方向? 国民が政府を監視する? それなら昔からある話だね。そもそもそうあるべきだし」

「そうではなくて、社会全体を監視しているんですよ。どこかに超可能犯罪が成立する空間はないか、実行犯になりそうな人間はいないか、制度や法律の隙間はないか……そんな風にしてぽっかりあいたブラックホールを絶えず探して、そこに陥れる相手を見繕ってるような気がします」

「世の中、そんなに悪い人ばかりではないと思いますけど」

吉永が小さな声で反論した。そういうことではない。うまく意図が伝わらなかったようだ。

「そうじゃなくて、わずかでもそういう人たちがいれば、残りの人たちはいいように利用されて加担してしまいそうな気がする。悪いことを考える人は人を騙して利用するパターンを研究するけど、普通の人はそんなことまで考えないから騙されて利用されてしまう、逗子ストーカー殺人事件みたいに」

逗子ストーカー殺人事件とは、女性がストーカーにつきまとわれ、殺されてしまった事件だ。犯人はさまざまな方法で女性の住所を調べていたが、その中にインターネット上のヤフー知恵袋で、「昔お世話になった方と連絡をとりたい」などとウソをついて相談していた。これに限らず、ネット上では善意につけ込むような悪意ある行動が後を絶たない。

「そういうことでしたか。すみません」

「いいの。私がちょっとはしょって説明しちゃったから。今公判中の事件もなんだか嫌な感じで、好きになれないんだけど、見ちゃうのよね」

「学芸大学の殺人事件か、難しい事件だ」

南方が誰に言うともなく、つぶやき、麻紀子と吉永は続く言葉があるかと思って話を中断した。しかし、南方はそれ以上なにも言わなかった。

「それにしても、なんで山岡秋声は、あの被告を選んだんでしょうね」

吉永の言葉に麻紀子は、おや？　と思った。

「犯人だと思ったからじゃないの？」

それ以外の理由があるのだろうか？

「だったら、近所の人の方が可能性高そうじゃないですか。あえてそれを選ばなかったのは、なにか理由があるんでしょうね」

麻紀子はわからなくなった。なにかが食い違っている。

「検事は自分で犯人と思う人間を訴えているわけじゃないのかね？　もしかして運営側から割り当てられるとか？」

南方もわからないようだ。

「違います。僕もはまってた時期があるんで、検事がどうやって訴える相手を決めるのか調べました。運営側から被告候補を三人提示されて、その中から選ぶんです。総ポイント数の高い検事が先に選ぶ権利があるので、山岡秋声は一番か、少なくとも二番目に選べたはずなんですよね。でも、あえて一番可能性が低そうな母親を選んだってことは、勝てるなにかがあるんでしょう」

「そうなんだ。知らなかった」

「運営の内情は秘密のことが多いですからね。委託先は、天網計画社っていう会社なんですけど、いろんなクレームがあったらしいんですけど、全部警察に握りつぶされたそうです。日本は警察も司法もいっしょくたですから」

「身内みたいなもんだから？」

「それだけでなくて公開法廷の運営は警察関係者で固めてるんです。SNS倫理協会という社団法人があるんです。ようするに警察の天下り団体なんですけど、そこでSNSやソーシャルゲームの運用上の倫理問題を扱ってます。その延長で公開法廷関係のSNSがらみの問題も扱っているんです。そこを創設したのが、警察と公開法廷の運営会社天網計画社なんです。その協会の理事にもなってますし、警察OBを毎年雇ってます。だからなんですよ。きっと内々に、ここまではやっていい、ここからはダメとか決めてあるんじゃないですかね」

「うわ。なんか社会の裏側を見ちゃったかんじ。しかも学部生に教えられるなんて、世の中おかしいよ」

「おもしろい。それを卒論のテーマにすればよかったのに。教授会でも話題になったと思うぞ」

「いや、おもしろがられて読まれたらボロが出ちゃうじゃないですか。読まれないのが当たり前の卒論テーマで充分です」

「もったいない。しかし、警察との癒着か……逆に言うと、公開法廷は警察の仕組みの中に取り込まれているのかもしれないな。警察と検察は癒着してたが、ますます露骨になっていってるんだ。天網恢々疎にして漏らさず……だね」

何人《なんぴと》も警察の手からは逃れられない高度監視社会。

「天を覆うほどの網ってどこまで大きいんでしょうね」

麻紀子は何気なくそうつぶやくと、南方が笑った。

「やはり、君はあっちの世界が似合っているかもしれない」

あっちの世界とは公開法廷のことを指してだろう。人と違う発想をすると適性があるのだろうか？　言われてみればそうかもしれない。異なる発想、でも説得力がある。それが個性と強さを生み出す。自分の問題は説得力がないことだ。

「真実を覆い尽くすくらい大きいんだろう。公開法廷はポスト真実時代の司法とも言える」

「ポスト真実時代の司法って、ものすごく嫌な言葉ですね。魔女裁判を連想します」

ポスト真実というのは二〇一六年の言葉としてオックスフォード辞書に選ばれた言葉だ。客観的な事実よりも、感情や心情に近いものを真実として扱う現象を指している。ＳＮＳはフェイクニュースやでっち上げがあふれ、政治の世界でも誇張やウソがまかり通るようになってきた。麻紀子の目には多くの人がすでにつらい真実よりも心地よいウソを選ぶようになっているように映る。

「確かに公開法廷は魔女裁判にも近いかもしれん」

南方はそう言うと、目を閉じてうなった。

その日は夜の八時まで研究室に残ってレポートを書いていた。入れ替わり、学部生がやってきて卒論指導を受けたり、雑談をしたりしていった。

やはり自分の部屋よりも、ここの方がはかどる。自分の部屋は静かで集中できるのだが、すぐに飽きてネットを見たり、ツイッターを始めたりしてしまう。ここはほどよく飽きない刺激があって、ずっとレポートを書き続けていられる。

家に戻ると、レポートの続きをやるかどうか迷ったが、公開法廷を見ることにした。レポートの締切は近づいているから、家でも続けたいところだったが、果たして家に戻ってみると全くやる気のない自分に気がついた。

一時期、病みつきになって必ず見ていたが、はっきりいって百害あって一利なしだ。陪審員を務めるのは国民の義務だが、毎日公判を見る必要はない。今の自分にそんなお気楽なことをしている余裕があっていいはずがない。

それでも効率が悪い時に無理矢理進めてもいいことはない。後でやり直しになりかねない。そう自分に言い訳して、ノートパソコンを開くと公開法廷を観る準備を始めた。

開廷は通常夜の十時からで、その後は随時録画されたものを観ることができる。すでに九時だ。それまでレポートをやるかと思ったが、結局関連するまとめを読んでしまった。

今晩は二人目の被告と検事と弁護人が登場する。注目の山岡秋声がなにを言い出すのか、誰でも気になるところだ。

――開廷します。検事、山岡秋声の冒頭陳述。

山岡秋声は、最初から飛ばしていた。

「まず、陪審員のみなさんに申し上げたいのは、これはサイバー犯罪で『超可能犯罪』だということです。つまり従来の犯罪の延長線上で考えていては間違える」

独特な声が響く。わずかに震える落ち着いた低い声は、聞いているだけでこちらも震えてきそうになる。麻紀子もぞくっとした。何度聞いても慣れない。新人の声優だというが、どこで見つけてきたのだろう。この声でファンになった者も少なくないはずだ。

「母親が娘を殺すというのはそうそうあることではありません。では、なぜ、そうなったのか？ひとことで申し上げると再婚のためです。驚かれた方はたくさんおられると思います。すでに勉強熱心な陪審員諸氏におかれては、この母親、鷺山かをるのことを確認しておいででしょう。当時、鷺山かをるの夫、鷺山みらのの父は存命でしたが、離婚して再婚しようと考えていました。彼女には、深い関係にある男性がいます。その男性と結ばれるためには離婚しなければならない。その障害になるのは夫と被害者である鷺山みらののふたりです」

そっちの動機できたか、と麻紀子はうなずく。不倫の果ての殺人はありがちだが、いつ誰に起きてもおかしくない。

「ＳＮＳで鷺山かをるが偽名で登録していたことを確認しています。登録だけでなく、何度か男性とコンタクトしています。彼女は偽名で鍵付きのツイッターアカウントを複数持っており、独身と偽り、そこでも複数の男性と会っていることがわかっています。こちらのアカウントが問題のアカウントになります。私は、実際にこのアカウントをフォローし、ツイートの内容を確認しました。彼女は承認欲求の塊となっていて、不倫相手に限らず、自分を求めてくれる相手を常に探していたようです」

画面に生々しい鍵付きアカウントのツイート内容が表示される。鷺山かをるもひどいが、ここまでプライバシーを公にされるのはたまったものではない。不倫はとっくに家庭内でばれていたというが、ここまで具体的な内容をさらされるとさらに印象が悪くなる。これではまるで、セックス依存症だ。被害者の父親がすでに他界しているのは救いだったかもしれない。

「もちろん、みらのさんだけを殺しても離婚はできません。一番の障害は夫なのですから。ここに犯人の緻密な計算がありました。夫を殺せば自分が疑われます。しかし、娘なら殺しても疑われる可能性は低い。離婚には反対したようですが、あまり強硬に主張していたわけではないようです。被害者のブログには、『しかたがないのかなあ。嫌だけど』といった言葉がありました。しかし娘が死ねば夫が精神的に追い詰められ、事故や自殺の可能性が高まるのではないかと被告は考え、その可能性に賭けたのです」

画面に新聞記事が表示された。すでに冒頭陳述で話として知ってはいたが、あらためて記事で見ると印象が違う。山岡秋声の論理はかなりこじつけに聞こえるが、関連する記事や写真を見せられるとそちらに心が動いてしまう。

「二週間前の新聞記事です。被害者の父親が交通事故で死亡したニュースが掲載されています。しかも酒酔い運転でした。私は近隣の商店や住民に確認しました。証言はこちらになります」

麻紀子は山岡秋声の意図がわかった。おそらく山岡秋声も自分が不利だということを認識しているのだ。論理だけでは押し切れないから、陪審員たちの感情を揺さぶる作戦に出た。公開法廷では、よくある光景だ。従来型の裁判でも情状酌量という概念があるから、感情を一概に否定できないが、麻紀子は好きではない。量刑の重さを決める際に考慮するならともかく、真犯人を特定しようという時には、感情ではなく論理的に事実を積み重ねて真実を明らかにすべきと考えている。

山岡秋声は証人を法廷に招き、事故直前の父親の様子を語ってもらった。証人は父親が事件後ひどく憔悴していたことを証言して、あからさまに情に訴えてきた。弁護人は、事件と関係ないと異議を唱えたが、却下された。

「もちろん、動機だけではありません。すでに冒頭陳述でも明らかになったように、被害者のスマホとパソコンは正体不明のマルウェアに感染していました。この通信は暗号化されているため内容は不明です。ただし、三人の家族が同種のマルウェアに感染していたということは、偶然にしてはできすぎています。そのうち誰かひとりがマルウェアを操っていたと考える方が自然でしょう。自分自身も感染していたのはなにかあった時に疑いをもたれないようにということでしょう。それが鷺山かをるである可能性は否定できません」

それは言い過ぎだ。可能性は否定できないが、そうだという証明もできない。なにしろ正体がわかっていないのだから、誰であってもおかしくない。

サイバー犯罪で身の潔白を証明するということは「悪魔の証明」なのかもしれない。「悪魔の証明」とは、証明がほぼ不可能な証明のことだ。たとえば日本に猫がいることを証明するには猫を一匹見つければいい。しかし、日本に猫がいないことを証明するには、日本国中くまなく調べ尽くさなければならず、それはほぼ不可能だ。

サイバー空間の超可能犯罪において、自分が潔白であることを証明するのは、「悪魔の証明」に等しいように見える。特に相手が、山岡秋声のような論客ならなおさらだ。「悪魔の証明」がまかり通るなら、誰でも犯罪者に仕立て上げられるではないか。

その後も山岡秋声は麻紀子から見るとかなり強引な論理で鷺山かをるが真犯人であることを訴えた。果たしてどれくらいの陪審員が彼の意見を支持するのだろう。自分は支持できない。

「私からは以上です」

山岡秋声は数人の証人に被告の印象を語ってもらっただけで、被告自身にはなにも質問しなかった。検事は被告に確認の意味も含めて質問することが多い。なにも質問しないのはよほど自信があるのか、それとも自分のシナリオだけで進めておきたいという算段なのか……

——弁護人、始めてください。

声が響き、弁護人の川野俊介が話を始めた。

「最初に申し上げたいのは、被告には被害者を殺害する積極的な動機がないということです。被告は被害者の許しを得なくても離婚し、再婚することが可能です。被害者が反対したとしても強行すればよいだけのことで、殺害に及ぶまでなかった。また、被告の夫は、以前から毎日飲酒しており、今回の事件がなかったとしてもいずれ死にいたらしめる出来事が起きる可能性は低くありませんでした。被告はわざわざ娘を殺す危険を冒す必要はなかったと思われます。

次に被告に実行可能な知識と技術が備わっていたかどうかという点についても疑問があります。被告はパソコンをほとんど使ったことがなく、ましてマルウェアを自ら開発して娘のパソコンを感染させるなど困難と言えます。このふたつの点から被告は犯行に関わっていないと考える次第です」

筋は通っている。山岡秋声が超可能犯罪を持ち出したのは失敗だったのかもしれない。超可能犯罪において、動機はきわめて重要な手がかりとなる。しかし同時にいかにも解釈できる余地があるとも言える。

裁判においては常に検事が先に手の内を明かして、攻撃をしかけなければならない。弁護人は検事が提示した動機を別な解釈によってつぶしてゆけばいいわけだ。

とはいえ論戦で有利になるのと、陪審員の心をつかむのは別の話だ。論破しても、それがこじつけのように見えてしまえば陪審員は賛同しないだろう。

川野は山岡と同じように数人の証人から話を聞くだけに留めた。同じように陪審員の印象を操作することだけが目的だったのだろう。

——最後に被告からなにかありますか？

「はい。お話ししたいことがあります」

ここまでなにも発言せずにいた被告が声を発した。いやでも注目する。

——どうぞ。お話しください。

「今回、私たちの娘の事件が公開法廷に取り上げられると聞いた時は、なんのことか全くわかりませんでした。公開法廷のことはもちろん知っていましたが、まさかそれが私たちの娘の事件を取り上げ、しかも母親である私に被告として出廷を命じるなんて想像もしませんでした。プライバシーがひどく侵害されることになりかねないという理由で、出廷をせずに書面や録音で対応できることは説明されました。

でも私自身が現れなければ後ろめたいことがあると邪推される危険があるのだそうです。これは魔女裁判なのでしょうか？　娘を失った私になぜこんな仕打ちをするのか理解できません。人の不幸が楽しいですか？」

胸が苦しくて聞いていられない。被告は自分の嫌疑を晴らすようなことは言わなかった。もしかすると、言うつもりだったのかもしれない。でも、公開法廷への恨みを話し出したら止まらなくなった。あっという間に持ち時間の十分は終わった。

これは逆効果だ。多くの参加者はショーとしての公開法廷の盛り上がりに水を差す被告を嫌う。真実よりも楽しい時間を邪魔した腹いせに有罪にしかねない。もしかしたら、山岡秋声はそこまで考えてこの被告を選んだのかもしれない。

この法廷の被告にはなりたくないと思う。全国民の前に自分をさらけ出すのだ。すぐにネットに本名や住所や写真をさらされるだろう。そして、少なくとも公判中はずっと好奇の目にさらされる。この時とばかりに、昔の知り合いから連絡が来る。テレビのワイドショーのレポーターだって来ることがある。

それでも鷺山かをるの勇気には感動した。それと真相は別だとわかっているが、彼女の他に真犯人がいるのだと思いたくなる。

結局、身の潔白を証明するようなことは一言も語らず、公開法廷への非難で話は終わってしまった。非常によくない傾向だ。

——閉廷。

公開法廷の放送は一時間くらいだが、どっと疲れた。昨日に比べるとかなり濃い内容だった。実際に法廷に参加している検事や弁護人、そして被告の疲労は比べものにならないほどだろう。よくやっていられるものだ。

検事や弁護人は一度やるとクセになるのかもしれない。少なくとも判決までの一週間は日本中の注目を浴びることができる。負ければ思い切り叩かれる可能性もあるが、それでもみんなが自分の噂をしてくれるのはうれしいのかもしれない。

麻紀子の脳裏に、研究室での会話が蘇った。吉永は自分でもできないかと思って調べたという。検事や弁護人になりたい人は増えているのかもしれない。

ＳＮＳは公開法廷の話題であふれたが、麻紀子は見る気力がなくなって、そのままベッドに転がり込んだ。

翌朝、研究室に行かなくてもよい日だったので遅く起きた。ベッドの中でスマホをいじりながら、一時間くらいだらだらする。ベッドとスマホというのは、危険な組み合わせだ。いくらでも時間をつぶせて、しかも気がつくと寝ている。人間を堕落させる。

のろのろとベッドから這い出し、寝室から出るとそこはリビングダイニングだ。狭いながらも1LDKで部屋がふたつあるのはよかった。ベッドが視界に入ると甘えたくなってしまう。あったかいよ、柔らかいよというささやきに勝てるはずがない。

なによりもまず、コーヒーを淹れる。手間はかかるが、豆を挽く。ふわっといい香りが立ち上ってきて、目が覚める。フレンチプレスにお湯を注ぎ、数分待つ。ドリップや水出しも試したが、フレンチプレスが手間もかからず、便利で楽ちんだ。そして味もいい。他の淹れ方には戻れない。

コーヒーをカップに注ぎ、テレビの前のローテーブルに置きっ放しのパンに手を伸ばす。黙ってパンをもぐもぐしていると、そこはかとないむなしさと寂しさに襲われることがあるので、予防でテレビをつけた。

朝のワイドショーで公開法廷を取り上げていた。公判開催中は特集を組む番組が多い。

公然の秘密となったカツラの司会者が有識者やタレントに、どの検事の主張が信用できるかを質問している。

「この山岡秋声って人。好きなんですよ。とりあえず、この人の言うことをきいておけば大丈夫って気になっちゃう」

「おいおい。肝心の推理と証拠をちゃんと確認せんとあかんでしょ」

適当なことを言ってる。昨夜の鷺山かをるの声が耳の奥に残っている。麻紀子はいたたまれなくなって、チャンネルを変えた。気にしすぎだと思うが、頭から離れない。

他局のワイドショーでは、芸能人の恋愛スキャンダルを扱っていた。全く興味が持てない。おもしろくない上、正義漢ぶって恋愛に関する古くさい自説を披露するお笑いタレントには腹が立つ。もっとマシな番組はないのかと次々とチャンネルを変えているうちにパンを食べ終えていた。ワイドショーを見るに堪えないと認識できるから、自分はまだ大丈夫と自分に言い聞かせ、机に向かってレポートの続きを書き始めた。


麻紀子は、丸一日、部屋に籠《こ》もっていると落ち着きがなくなってくる。ありていに言えば数時間で集中が途切れ、関係ないことが頭の中に湧いてくる。さっき観たワイドショーのことだったり、公開法廷のことだったり、先月別れた恋人のことだったり、とにかく行き当たりばったりに浮かんでは消えてゆく。

午前と午後という区分けがあって、昼ご飯という風習があるのは幸いだ。集中が切れた頃に、ランチの時間になる。頭の中はランチメニューでいっぱいになった。

麻紀子は、十二時少し前に家を出た。今日のランチは駅に近いイタリアンに決めた。その店はランチとディナーでシェフが違う。ランチのシェフは他の店から手伝いに来ているそうなのだが、明らかにそっちの方が美味しい。

麻紀子は当たり外れがあるなあとぼんやり思っていたのだが、シェフが違うと聞いてからランチなら当たりで、ディナーは外れということがわかった。

以来、この店に来るのは必ずランチと決めている。ここに限らず、この近辺の店にはコツがあるように思う。それを会得するのも楽しい。

ランチを終える頃には、すっかりリフレッシュしていた。これでまた数時間はがんばれる。


夕方になるとレポートの終わりは見えてきた。今日中に書き上げ、明日になったら推敲して南方に提出できそうだ。

ひと休みと思って、寝室のベッドに寝転んでツイッターをながめる。たまにしかつぶやかないが、他人のツイートはしげしげと観察する。そのうち、うとうととして寝入ってしまった。

目が覚めるとすでに夜の七時だった。はっとして窓に目をやると、外はすっかり暗くなっている。やっちゃった。いつの間にか意識を失っていた。だからベッドは危ない。

でも、予想以上にレポートは進んだ。ここ数日の遅れを取り戻せたから問題はない。カップ麺でも食べて、お風呂に入ると公開法廷の始まる時間にちょうどいい。なんだか公判中は生活が法廷に引きずられてしまうようでよくないと思うのだが、目が離せないのだから仕方がない。知的好奇心と下世話なのぞき見趣味のような、なんともいえないどきどきした感覚がある。

とはいえ、昨晩の山岡秋声がいってみれば山場で、この後の星野博房にはあまり期待できなさそうだ。しかし、今回山岡秋声が勝ったら後味悪くなりそうだ。

開廷の少し前に公開法廷アプリを起動し、ネット上で飛び交うさまざまな議論の紹介を見るともなくながめていた。やがて画面が暗転し、オープニング映像が始まる。

――開廷。検事から陳述。

時間ちょうどに公開法廷は始まった。
最初は検事の星野博房が陳述を行う。古参の検事だが人気はいまひとつで、登場してもコメントもまばらだ。
被告がストーカーということもあり不謹慎な表現だが、ありきたりの論理展開になるような気がしたのだが、とんでもないことを言い出した。
「これは『君島効果』によってもたらされた事件です。ご存じない方のために説明いたします。『君島効果』とは、ネット上で誰かを犯罪者として告発すれば、（それがたとえ真実ではなくても適切かつ効果的に行われている限り）その人物の犯罪についての証拠や目撃談が集まってきて、やがて有罪に足るまで集まる、というものです。要するに一度ネットで騒ぎになれば大量の情報が集まるということで、その中には真犯人や共犯者が他人に罪をなすりつけるために凶器や証拠品を告発された人物の家や立ち回り先に密かに置きに行くことも起こるということです。もちろん、ガセやデマもあります。しかし、結果的に公判を維持するために必要な情報が得られることが多いです。今回も大量の情報が集まっています。ただし、この人物が犯人というところまでは絞り込まれていないので、拡散していて決め手に欠けています。

『君島効果』の第二段階としては、ネット上で騒ぎになれば自動的に証拠や証言が集まることを見越して犯罪を行う者が現れるというものです。今回のメタ犯人はそのケースだったと考えています。メタ犯人は、ある目的のために首都圏で大きな事件が起きることをのぞんでいた。身の危険を感じている女子大生は理想的な被害者でした。しかも自ら情報発信している。ネット上で注目を集めやすく、煽りやすい。

被害者である鷺山みらのは母親に対して不満と疑問を抱いており、さらに誰かが自分を狙っているという不安も持っており、一年前頃からそれをSNSでつぶやき続けていました。この場合、犯罪行為は実際には存在せず、彼女の頭の中でだけ恐怖が膨らんでいたわけですが、それがSNS上で広がり、尾ひれがついて母親が怪しいという情報になり、不倫用のアカウントの発見から、相手と関係の特定までにいたったわけです。そのへんでメタ犯人の目にとまったのでしょう。

鷺山みらのを犠牲者に選んだメタ犯人は、彼女の個人情報をさらすようにネットで扇動したのだと思います。それにのった人間が個人情報を掲載し、そこからさらに自宅の特定や合い鍵の3

Dデータ配布まで時間はかかりませんでした。そうやって被害者を超可能犯罪の状況に置いて、後は実行犯が現れるのをひたすら待った。

メタ犯人は単純な愉快犯という可能性も考えられますが、それよりもはっきりとした動機を持つ者がいます。それは一連の騒ぎでメリットを享受する者です。記憶していらっしゃる方もおられると思いますが、この事件が世間の耳目を集めることになったのはインターネットの生放送で現場中継などを行い、それが行きすぎてテレビや新聞に取り上げられたことからです。生放送といっても素人がスマホのカメラとマイクで勝手にやっているものです。誰かがおもしろそうな事件を取り上げ、それが多くの視聴者を集めると次々と同じことをする人間が現れます。

この事件だけが特別なのではありません。最近の事件は必ずと言っていいほど、インターネットの生放送で取り上げられます。そしてかなりの確率でヒットする。たとえばネキャスの配信者にとって自ら事件を起こしてアクセスを伸ばすことは日常茶飯事です。

二〇一六年頃から、イベントなどをゲリラ的に行い、視聴者のアクセスを集め、その結果警察に事情聴取されたり、逮捕されたりする配信者は増加しています。ならばメタ犯人になって、殺人事件を自ら誘導しようと思う者が現れても不思議ではないでしょう。この事件に関する生放送の視聴者数は飛び抜けて多かったことが確認されています。これは〝メディアテロ〟です。視聴者数を稼ぐためにテロは計画されたのです。このメタ犯人はＩＳＩＳのようなものです。離れた場所からネット越しにアクセスしてきた者を煽って、実際の犯行に及ばせるという卑劣で危険な方法です」

この一週間の生放送の視聴者数のグラフが表示された。上位は全てこの事件の放送で占められている。

「メタ犯人はネキャスの大手配信者の可能性が高く、現場訪問などの番組を公開法廷が事件を取り上げるよりも前から積極的にやっていた者はさらに可能性が高いと考えられます。この映像をご覧ください」

画面に映し出された映像は、過去のネキャスの放送内容だった。事件から数日経った被害者のマンションの前に、配信者らしき人間とその取り巻きがうろうろしている。その取り巻きの中に今回の被告がいた。これは強烈な印象を与える。陪審員にかなりの影響を与えただろう。

「犯人は犯行現場に戻るという言葉通り、被告は現場に戻ってきました。リア凸（放送中に視聴者が放送現場まで行って参加すること）の視聴者のふりをして。あるいは配信者と事前にコンタクトをとっていたのかもしれません。上位配信者の取り巻きのひとりから貴重な証言を得ることができました。いわば内部告発のようなものなので、声と画像にフィルターをかけています」

ネキャスのアクセスを増やすために、視聴者をそそのかして犯罪を実行させる？　いくらなんでも、そんなことがあり得るんだろうか？

だが、証言は真に迫っていた。被害者である鷺山みらののことを放送でとりあげ、「口では心配だ」とか「なんとかしてあげたい」と言いながら、その実誰かがなにかを待っているような放送を繰り返し、仕込んでおいた視聴者に被害者を襲うようなことをほのめかす発言をさせる。計画的に、雰囲気を盛り上げて、誰かがその気になるのを待っていた。そんな印象を与える話だった。

「まんまと大手配信者の罠にかかった被告は、ストーキング行為を繰り返し、配信者はそれを取り上げ、それを観た被告はさらに興奮して再度同じことを行う。こうした悪循環に陥り、行為はエスカレートしてゆきます。証言にもあったように、配信者は被告以外にもストーカーがいることをにおわせ、競わせるようなことも言っていました。その頃の配信内容の一部を抜粋してお送りします」

画面にいかにもちゃらい感じの金髪の配信者の顔が映し出された。「あのさあ。何度も話してるけど、こういうストーカー行為って絶対やめた方がいいと思うんだよ。くそだせえし、誰も喜ばないじゃん。それなのに、増えてるってどういうこと？　バカなの？　被害者がかわいそうだからURL貼ったりしないけど、検索すればすぐ見つかるよ。〝ぱあぼう〟ってヤツと、〝なったん〟ってヤツね。どっちの方がよく調べてるとか競ってんじゃねえよ」

口では、やめろと言っているがむしろ煽っている。

「被告、吉野大樹は母親である鷺山かをるのスマホを乗っ取っていました。表だって特別なことはせず、たった一通のメールを送っただけでした。それがマルウェア付きのメールだったのです。そのメールを受信したため、鷺山みらののパソコンは感染し、吉野から鷺山かをるのパソコンを経由して監視されるようになりました。

昨日、山岡秋声検事が発見した通信は鷺山かをると鷺山みらのの間のものでしたが、実際には鷺山かをるを経由して吉野大樹までつながっていたのです。吉野大樹は鷺山みらのの行動をマルウェアによって逐次把握し、虎視眈々と襲撃の機会を狙っていたものと思われます」

あとで公判資料に目を通そう。公開法廷では公判資料を無償配布している。内容は事件の警察発表や報道を元にしたもので、検事や弁護人が調べた内容と思われるものも追加されている。

要約と詳細に分かれており、詳細は数十ページにおよぶ。内容もひたすら事実が書いてあるだけだ。適当に流し読みもできるが、たったひとつの事実で解釈が全く異なってくるかもしれないと思うと、そうもできない。詳細資料を読み解くのはかなり根気のいる仕事だ。

さらに公判中に新しく検事や弁護人が提出した証拠も付け加えられる。慣れた陪審員は後からまとめて読む。検事と弁護人は基本的にウソをついたり、事実を歪曲したりすることはないが、自説のためにあえて取り上げない事実がある。たとえば山岡秋声は鷺山かをるのスマホが乗っ取られていたことを取り上げなかった。意図的に無視された関係ある事実を見つけ出すのも陪審員の役割だ。

――被告に質問はありますか?

「はい。あなたは、事件の前にネキャスの大手配信者であるアイエムと連絡をとったことはありますね？」

　しばらく無音が続く。

　――被告、回答は質問を受けてから一分以内に始めてください。さもないと回答拒否とみなされます。

　公開法廷の独自ルールだ。いわゆる放送事故を防ぐためのものだが、被告にすれば考える時間が足りないだろう。

〈通話をしました〉

　声でなく、文字の回答だった。

「連絡を取り合っていたわけですね。どんな内容でしたか？」

〈放送の感想とかです〉

「感想？　ほんとうはこれからの放送の内容や被害者の情報を教えてもらっていたんじゃないで

すか?」

〈リア凸するリスナーと事前に打ち合わせするくらい誰でもやってるじゃないですか。仕込みですよ。仕込み〉

本当に仕込みなんてあったのだ、と麻紀子は少し驚いた。

「なるほど、あなたと配信者アイエムは生放送に先立って事前に打ち合わせしていたわけですね。私からの質問は以上です」

ずるい。おそらく打ち合わせの内容はたいしたことではないのだ。でも、ここで質問を打ち切ったら、なにかありそうな印象だけ残る。

城野公平の切り返しは見事だった。

「実行犯を裁くことが、この法廷の目的です。存在するかどうかもわからないメタ犯人のことを考える必要はありません。ましてやメタ犯人を特定し、そこにつながっている者を真犯人とするような方法が受け入れられるものではありません。確かに配信者の放送の内容には、この事件に関係するものが少なからずありました。しかしテレビだって雑誌だって特集を組んでいます。だからといってテレビや雑誌の関係者たちを真犯人だという短絡的な推理は成り立たないでしょう。

次にマルウェアに関してです。警察の資料によれば被害者のパソコンは複数のマルウェアに感染していました。そのうちのひとつが、鷺山かをるの端末と通信していました。他のマルウェアもそれぞれ異なる通信先と通信しています。

外部と通信していることを証拠にするならば、マルウェアの数だけ犯人がいることになります。しかし、おそらく犯人はひとりでしょう。ひとりの被害者を何度も何人もが殺すことは起こりえませんから」

確かにメタ犯人についての話題は難しい。彼らはまず捕まることがなく、メタ犯人たちに誘導された実行犯たちも捕まらないことが多い。メタ犯人に話が広がると、収拾がつかなくなる。山岡秋声も話を思い切り広げただけで、結局メタ犯人そのものについては追及していない。

気がつくと城野の話は終わっていた。

——被告に質問はありますか？

「はい。お願いします」

〈どうぞ〉

「あなた以外にもアイエムと連絡をとっていた人はいますか？」

〈はい。アイエムから聞いたことがあります。四、五人くらい仕込みに協力してもらうリスナーがいると話していました〉

「あなただけではなかったのですね。誰だか名前を挙げてもらえますか？」

〈ええと、言っていいんでしょうか？〉

「言ってはいけないと言われましたか？」

〈いえ〉

「つまり特に秘密にするようなことではなかった」

「異議あり！　憶測に基づく誘導です」

星野がすぐに反応した。

——異議を認めます。

「わかりました。整理すると、あなた以外に複数のリスナーがその配信者と連絡を取り合っていたということですね。つまり、あなただけが特別ではなかった」

〈その通りです〉

これでさきほどの星野の質問で作られたマイナスイメージは消えた。

「あなたは被害者に対して、いわゆるストーカー行為をしていましたか？　つきまとったり、隠れて写真を撮ったりするようなことですが」

〈いえ、していません。近所に住んでいましたから、道で姿を見ることはありましたが、今おっしゃったようなことはしていません〉

「あなたがストーカーしていたと被害者は知人に話していたようですが、心当たりはありませんか？」

〈誤解だと思います。ご近所ですから道で見かけた時に、挨拶していたのがつきまとっていたように思われたんでしょう〉

「あなたは他のご近所の方にも、挨拶するんですか？」

〈わかる範囲でしています〉

「なるほど、これもまた特別なことではないということですね。以上です」

——閉廷。

いつも思うのだが、公開法廷は本当にどれが正しいのかわからない。どれも正しいような気もするし、間違っているような気がする。やはり、もともとの物的証拠が乏しい事件が多いことが原因だ。公開法廷以外の事件だって、物的証拠がなくて自白で起訴までこぎつけたものも少なくないからさほど違いがないとも言える。

翌日、麻紀子はレポートを南方に提出した。南方はぱらぱらっと流し読みすると、

「ありがとう。山崎くんのレポートはいつも独自の視点があって評判いいんだよ」

すぐに感想を口にした。相変わらず、なにを考えているのか、よくわからない表情なのが気になるが、褒められると素直にうれしい。ポーカーフェイスというのとはちょっと違う。常に一定の優しさと笑みを絶やさない感じだ。ロマンスグレーの素敵なおじさまというには無理があるが、キャラとしては好感が持てる。

「ありがとうございます。教授に褒められると照れますね」

「いつも褒めてなかったたっけ？」

「だから、いつも照れてます」

「ほお」

南方はつぶやくと、電子タバコを手に取り、天井を見上げた。

「そういえば、次の論文のテーマは決まったかね？　学会発表もするんだろう？」

「まだ決めていないんですけど、サイバー監視と市民運動の変化についてなにかできたらいいなあって思ってます」

「これはこれは、ハードなテーマだ」

「ハードですかね？」

「共謀罪も視野に入れてのことだろう？　ツイッターで叩かれやすい話題だし、ポスト真実の問題も避けては通れない」

「共謀罪。そういえば関係ありました。でも、今回はアメリカの状況を中心に整理してみようと思います。日本よりもあちらの方がずっと進んでいるみたいなんで」

日本はサイバー監視の分野ではまだまだ遅れている。情報通信分野の技術や製品は、そんなに遅れていないと思うのだが、なぜかサイバーセキュリティの分野では大きく水をあけられてしまった。

「それがしの知る範囲では、サイバー監視の分野ではアメリカが特に進んでいるわけではないようだね。しかし、アメリカが進んでいると君が思った理由もわかるし、事例としては適当だと思う」

「ええと、どういうことです？　先進事例とは言えないけど、情報を集めやすいってことでしょうか？」

「そう。山崎くんの目から鼻に抜けるところはそれがしも高く評価している。おおざっぱに説明すると、アメリカは市民の力が無視できないくらい強いから、彼らがサイバー監視を暴くこともあるし、政府に監視活動を公開するように圧力をかけることもある。しかしロシアや中国といった他の国の市民は、そういう力を持っていない。だからいくら先進的かつ効果的な監視活動を行っていても我々が知り得るものとはならないわけだ。たまに暴露されるくらいだね」

「アメリカは監視社会だと思っていましたけど、表沙汰になるだけマシってことですか」

「左様。それでいくと、果たして日本の現状がどうなのかは気になるところだね」

「遅れてるんじゃないですか？」

遅れていると麻紀子は思い込んでいたが、今の南方の話だと知らない間に進んでいる可能性もありそうだ。中国やロシア並に日本の市民の力が押さえられているとは思いたくないが、「基本的人権を制限する」と総理大臣や閣僚が堂々と発言しても問題にならないくらいには全体主義的だ。

「諸外国に比べて遅れているのは確かだが、政府自らが行う以外に日本文化に根ざした自発的な相互監視というものがある。おかげで市民の攻撃の矛先が他の市民に向くことが多い。諸外国では為政者や企業に向けられるものなんだがね」

南方の言う通りだ。相互監視といえば隣組制度を思い出す。もともとは江戸時代に五人組という制度が存在したが、第二次世界大戦の際に国家総動員法と同じ頃に内務省訓令で制定された。五から十の世帯をひとつの単位として隣組にまとめる。物資の供給や供出などを行うためのものというのが表向きの理由だが、思想統制のための相互監視の機能も担っていた。

戦後、隣組制度はなくなったが、その精神は未だに根強く残っている。SNSをながめていると、ささいなことで互いをたたき合う。右翼、左翼あるいは「お前は＊＊人だろ」というレッテルを貼り合う。この国ではなんらかの思想を持つこと自体が悪しきことのように扱われ、バッシングの対象になり、思想を持っていると指摘することが侮蔑の言葉になる。思想や言論の自由はお題目で、国民自らは規制し、つぶし合う。いびつだ。国民性と言ってしまうのは簡単だが、あまりにも悲しいし、なにも考えていない。

「君の選ぶテーマは、そのへんにかかわるものが多い」

ぼそっと南方が漏らした。その通りだ。これといって研究したいものがあったわけではなかったのだが、高校生の頃からずっと社会人になることに違和感があった。

それは狭苦しい相互監視の中に入ることへの恐れだったのかもしれない。中高生時代でも嫌というほど相互監視を味わってきた。これが社会に出たら、もっとひどくなる。慣れてしまうような気もしたが、それが一番怖かった。違和感を覚えながらもうまくやってきた高校生の自分を好きになれなかったし、このまま社会人になったら違和感を抱いたまま生き続けることになる。それが怖かったし、同化して違和感がなくなるのも怖かった。

日本人の相互監視好きを他の国の比較をすると、生まれた時から病んでるんじゃないかと思うくらいだが、もしかすると情報化した大衆社会とはそういうものなのかもしれない。そして、その狭いコミュニティの中でだけ通用するポスト真実が生まれてくる。想像したらぞっとした。


「失礼します」

声とともに扉が少し開き、吉永が首だけのぞかせて麻紀子と南方がいるのを確認した。

「あの、卒論でちょっとどうやればいいのかわからないとこがあるんですけど。いま、いいですか？」

「ああ、うん」

南方が鷹揚にうなずくと、吉永がおずおずと入ってきた。麻紀子と南方の中間に立ち、「ここなんですけど、どういう風に書けばいいのかと思って。別紙で挟めばいいんでしょうか？」と訊ねる。

「それでいいよ」

南方がうなずく。

「本文に貼らなくてもいいんですね」

「それでもかまわない。なあに、どうせ誰もちゃんと読まないんだから、あまり気にすることはない」

「先生がそれを言っちゃいけないと思います」

「そうかな？」

南方は笑った。

「あのー、卒論指導の時間ではないですけど、ここで少し作業しててもいいですか？　わからない時にすぐに質問できるんで」

吉永がおずおずと南方に頼む。

「かまわんよ。ここが開いてる時はいつでも自由に使ってかまわない」

しばらく三人とも無言で、それぞれの作業に没頭した。とはいっても南方は、手を動かすことはせず、電子タバコをくわえたまま、時々、「うーん」と唸ったりするだけでじっとしている。

麻紀子と吉永は、せわしなくノートパソコンを操作している。

「いよいよ投票ですね。山崎さんは誰に投票するんですか？」

三十分くらい過ぎたところで吉永が思い出したように麻紀子に声をかけた。

「私は、星野さんの言ってることがもっともだと思うんで、吉野大樹に投票するつもり。ちょっと後出しジャンケンっぽいのが嫌なんだけどね」

星野博房の話は、山岡秋声の推理なしにはなかった。山岡秋声がわざと無視した箇所に目を付けて、そこから議論を展開した。その戦術も含めて評価した。

「そうですよね。あれは明らかに山岡秋声の推理を聞いて、方向転換したんだと思います。知ってました？　検事と弁護人は事前に運営側に使用する証拠なんかを提出しなければいけないんですけど。それの締切が当日の正午なんです。だから、前の日の検事と弁護人の話を聞いて内容を変えても、ぎりぎり間に合います」

「当日の正午まで？　すごいタイトなスケジュールなんだ。吉永くんは誰に投票するの？」

「僕は山岡秋声のクランに入ってるんで、鷺山かをる以外の選択肢がないんですよね」

「クラン？」

クランはオンラインゲームではよく聞く言葉だ。本来はスコットランドの氏族を指す言葉だったらしいが、今ではゲーム内のチームやグループを指すことが多い。しかし、公開法廷はチームプレイではない。

「公開法廷のクランって知りません？　公開法廷のシステムには、チームプレイの機能はないんで、非公式にみんなでやってるだけなんですけどね。特定の検事や弁護人をサポートしてます。おもしろいですよ。僕は純粋に山岡秋声の論理構成や論破のテクニックが好きなんですけど、中には声優さんのファンもいるし、二次創作している人もいるし、コミケにも毎回出店してます」

「えええええ？　全然知らなかった」

「公開法廷が始まってから、コミケには二次創作がたくさん出てるし、オンリーイベントもたくさんあります」

オンリーイベントとは、同人誌のイベントでも特定のマンガやアニメやゲームに限定したものだけを集めたイベントだ。ということは、公開法廷の二次創作をしている同人誌だけ集めたイベントが少なからずあるということだ。

「全国民が陪審員なんだから、確かにあってもおかしくない。でも、なんか裁判でそういうイベントってちょっと不思議っていうか、不謹慎な感じもする」

「いや、バランスとれていいと僕は思ってるんです。だって、今までのネットって生放送でもツイッターでも犯罪まがいのことをやってアクセス稼ぐ人が多すぎじゃないですか。そのサポーターみたいな人も結構ヤバめの人が多い。検事や弁護人って、その逆ですよね。だから、そういう人をサポートするのっていいことだと思うんですよね」

言われてみればそうかもしれない。裁判をエンタメ化するのはあまりよくないような気がするが、ネットでは犯罪すらエンタメ化している。

ツイッターでは以前から、違法行為や危険行為を行って写真や動画をツイートして炎上したり、逮捕されたりする事件が続いており、二〇一六年以降は生放送のネキャスでも同じように実際に街に出て、ホームレス体験をしたり、視聴者からのカンパで旅をしたり、ナンパしたりする過激な行為が多くのリスナーを集めるようになり、流行し、逮捕者も出た。

その流れで出てきた現場訪問の生放送だから、放送している配信者からすれば〝逮捕上等〟なのだ。なげかわしい。

正しいことや倫理的なこともエンタメ化しないとバランスがとれないという吉永の理屈には一理ある。

その日の夜、自宅でなんとはなしにネットサーフィンしていると、公開法廷関連の情報がやたらと目についた。投票の時期だから仕方がない。中には批判したり糾弾したりしているサイトもある。麻紀子の常識から言えば公開法廷は、批判されても仕方がないことをしているし、どこかで歯止めをかけるなり、公開法廷そのものを止めさせなければいけないと考えている。

しかし世間はそうは思っていないらしく、公開法廷を支持するサイトの方が圧倒的に多い。国民の目の前で公判が行われ、審判するのは国民自身だから公平公正だというのだ。麻紀子からは大衆に迎合する偏りが見え見えなのだが、そう思うのは少数派だ。批判しても一円にもならないが、公開法廷の情報を載せればアクセス数を稼いで小遣い稼ぎできるのだからそっちに人が流れるのもいたしかたない。でも、それも含めて止めないと危険だと思う。

しばらく見ていたら、とんでもないものを目にした。現場訪問と題する生放送だ。この手の放送は事件や騒ぎなどに便乗して視聴者を集めるという意味で「便乗配信」と呼ばれている。公判では実際の地名が伏せられていることが多いが、それを突き止めて現場を訪問するのである。すでに夜の九時を過ぎている。事件現場の住宅街を配信者とその仲間がわいわい騒ぎながら練り歩いている。

麻紀子が見始めた時は、現場にいたのは二、三人だったが、リア凸が加わり、事件現場のマンションに着く頃には十人近くになっていた。

「ここマンション全体の入り口も鍵がないと入れないんですよね」

金髪にひげもじゃの青年が半笑いしながらぼやく。当たり前だ。今どきのマンションは防犯のためにオートロックになっているところがほとんどだ。それに許可なく立ち入ったら不法侵入になるのではないか。

しかし、麻紀子の心配をよそに視聴者はさっさと入れとコメントする。中には犯罪だよとアドバイスする人もいたが、多数のコメントに流されて誰も気に留めない。

「これってさ。ここに住んでる他の人が入る時とか、出てきた時にさっといけばいけるよな」

昼間の吉永の言葉が頭に浮かんできた。全然バランスがとれていない。悪化している。

麻紀子が、はらはらしながら観ていると、その配信者は他の住人が帰ってきた時に、こっそり後から入ってしまった。そして、そのまま事件のあった部屋まで簡単にたどりついた。時々、マンションの住民とすれ違ったが、そのたびに見ているこちらもはらはらする。

部屋の前まで来ると、中をのぞき込む。その部屋だけでなく、両隣の部屋までのぞいていた。

「なあ、ここで隣の人に事件の時の様子を訊いてみたら、マズイと思う？」

いくらなんでも、それはダメだ。麻紀子はいてもたってもいられない気持ちになる。なんとかして、あのバカな連中を止めなければいけない。そう思いながら、番組に見入っている自分も悪い。リスナーがいるから、彼らも放送するのだ。

もう観るのを止めようと思った時、マンションの通路を歩いてくる警察官の姿が映った。画面が揺れ、声が途切れ途切れになる。

「あっ、やべ。警察じゃん。誰だよ、通報したヤツ」

どうやらスマホをどこかに隠したらしく、画面にはなにも映らなくなったが声だけは聞こえる。

「ここの住人の方から通報がありました。なにやってるんでしょうか？」

「なにって、その生放送ですけど」

「ここの住民じゃないですね。勝手に入ったんですか？」

「勝手にっていうか、たまたまドアが開いたんでラッキーと思って」

「不法侵入になることはわかってます？」

「いえ、なんか問題なんですか？　だって友達のマンション行く時とか、勝手に入ってますよ」

「それは、ほら、住んでる人から招待されるなり、あらかじめわかっててのことだから。今回は全然違うでしょ」

「そうかな？　そうかもしれませんね」

「ここで話してても住んでいる方の迷惑になるので、ちょっと署まで来てもらえますか？」

「えっ？　警察行くんですか？」

「ここにいると迷惑でしょ？」

「はあ。はい。あれ？　さっきより人数増えてません。おまわりさん、最初はふたりでしたよね。なんか六人くらいいません？」

「そりゃ。この人数で騒いでたら来ますよ。だから一緒に来てください」

「逮捕するんですか？」

「来ればわかるから」


結局、警察署に連れて行かれて説教されて解放されたが、配信者にしてみれば〝美味しかった〟だろう。これで相当視聴者数を伸ばせた。

こういうのを観てはいけないと自分を戒めた。興味本位であろうが、批判的であろうが観る者が増えれば彼らは喜び、増長する。絶対にこういう放送は観ない、と麻紀子は心に誓った。

それから一週間、世間は公開法廷の学芸大学超可能殺人事件で持ちきりだった。

それでも毎日公開法廷のアプリを起動するのは止められなかった。現場訪問と称する事件現場を検証番組が何度も放送されており、そのタイトルや視聴者数が画面で紹介される。地上デジタルの特集番組もあり、麻紀子はあきれた。

いくらなんでも裁判を、地上波がこんなに取り上げるのは異常だと思ったが、スポンサーに天網計画社の名前が入っているのを見て納得した。

ニュース番組やワイドショーでは現場のマンションの様子を中継し、ネキャスのように素人の生放送では勝手にマンション内部に侵入して撮影する不届き者を撮影し、彼らの行動を非難した。中には山岡秋声の言葉を借りて、「メディアテロ」と呼んでいる者もいた。

麻紀子から見れば、どっちもどっちだ。周囲の住民からすればたまったものではない。警察は巡回し、立ち止まって勝手に撮影をしている者たちに注意をしたが、それもそのまま生放送され、視聴者は盛り上がった。そして、その様子をテレビが取り上げ批判した。

もちろん、ちゃんと議論を戦わせる人々も多かった。SNSなどでそれぞれの信じる検事や弁護人を引き合いに出して持論を展開し、相手を攻撃する。

よく注意してみると、ネットで頻度高く発言している論客は、たいていどこかのクランに属しており、プロフィールなどにちゃんと書いてある。

その傾向が顕著だったのは、ブログやフェイスブックで自分がどこのクランに所属しているかを明示した上で、整理した考えを述べていた。ツイッターや掲示板は玉石混交で、感情的なののしり合いが目立った。典型的な匿名の言いっ放しだ。

――鷺山かをるから事件の後に連絡来た。どうしよう、ってすごく怖がっていた。

――内山王道って、日本人じゃないんだよ。＊＊人の言うことを信用するヤツは頭がおかしい。

――山岡秋声は、園山暁彦から金もらって他のヤツを犯人にしようとしてるんだ。


言いたい放題、デマのオンパレードだ。確認する価値もない。本気で反論している者がいることも驚きだが、応援している者がいるのはもっとびっくりだ。単なる目立ちたがり屋なのだろうか？　まさか本気ではないと信じたい。

投票の締切が近づくと、結果を予想するネット生放送やテレビの特集が増えた。したり顔の司会者が有識者たちに投票結果を予想させて比較する。投票を締め切る前に、こんなことを放送すればその後の投票に影響を与えるのは間違いないのだが。

＊

石倉は貧しい家庭に育った。とにかく金のない家で、たびたび父親から万引きしてくるように命令された。今から考えると信じられないことだが、幼い石倉は悪いこととうっすら感じながらも言われるままに食べ物などを万引きした。つかまると離れたところで見ていた父親が出てきて、石倉を殴って叱責し、店の人間に土下座して許しを乞う。わけがわからなかったが、命じられるままにやった。

小学校に入るとだんだんなにをしているのかわかってきた。これは犯罪だ。そして父親は子供なら見逃してくれやすいと計算して自分に万引きさせているのだ。最低だと思った。ある日、耐えきれなくなり、つかまった時に、「お父さんがやれって言った」と口走ってしまった。それまで息子のために土下座して謝る父親に同情的だった中年の店主は烈火の如く怒りだし、警察を呼ぶとか、石倉をしかるべき施設に保護してもらうとか言い出した。

みるみるうちに父親の顔色が蒼白になり、内容はよくわからなかったが石倉も自分がうっかり秘密を漏らしたせいで、とんでもないことになろうとしていることがわかった。知らず泣き出し、気がつくと家の床に倒れていた。父親はわめきちらし、何度も石倉を蹴飛ばした。痛みよりも恐怖が先に立った。父親に殺される。父親が自分に万引きさせていることがわかったら、自分はこの家にいられなくなる。そういうことがどっと頭の中に押し寄せてきて、わけがわからなくなる。ひたすら恐ろしかった。

石倉はそれから黙って万引きを続けた。そんなだから自然と周りからは石倉は札付きの不良という扱いをされ、いじめの対象となり、やがて不登校となり、高校は通信制に進んだ。普通の高校に合格できるような学力はなかったし、いじめで通学できるとは思えなかったからだ。

その頃、父親と母親は離婚し、石倉に犯罪を命じる存在がなくなった。母親は石倉を連れて実家に戻り、万引きしなければ食べ物がないような貧しさからは解放された。

石倉は通信制でも落ちこぼれ、引きこもってネットと薬に溺れるようになった。薬といっても覚醒剤などではなく、市販の咳止め薬や向精神薬の濫用だ。違法ではないとはいえ、依存するようになれば健康被害は深刻だし、金もかかる。孫に甘い祖母から小遣いをせしめては薬を入手した。

ネットで薬に依存している仲間とつながり、たまにオフ会に出かけて情報交換や薬の交換をした。だんだん家どころか布団からも出ることが稀になり、一日の大半を寝たまま過ごすようになった。このままではダメになるという漠然とした不安と、もうどうでもいいという諦念が常に頭の中に渦巻き、希死念慮に結びつく。

たまに思い立って教科書を開くこともあるが、なにも理解できなくなっている自分に気がつき、絶望してすぐに閉じてしまう。こんな風に生きていても意味はない。そんな毎日を送っていたある日のこと、人生の転機が訪れた。

ネットで塾講師をやっている園田《そのだ》という大学生と知り合った。彼も心を病んでいたが、治療を続けながら通学し、塾の講師としても働いていた。すごいな、と思う反面、うらやましくもあった。

ある日、石倉が教科書を開いて、ＳＮＳで「わからない」とぼやいていると園田が声をかけてきた。石倉がわからない箇所を言うと、ていねいに教えてくれる。最初はあまり乗り気ではなかったが、園田の教え方がうまいせいか、だんだんとわかるようになってきた。わかるようになると、勉強がおもしろくなった。

高認をとって大学に進むことを考え始めた。母親や周囲も応援してくれるようになり、石倉は本気で勉強に打ち込みだした。園田もＳＮＳで石倉の相談にこまめに答えてくれた。そのかいあって石倉は無事に高認を取り、大学に入学できた。

家族や園田への感謝の気持ちでいっぱいだった。

だが、石倉が大学に進んだ同じ年の暮れに園田は自殺した。

就職のことで悩んでいたのが原因だった。秋から連絡が途絶え、ＬＩＮＥやメールにも返事が来なくなり、突然ＳＮＳに姉と名乗る人物が園田のアカウントで自殺したことを告げた。

しばらくなにも考えられなかった。ぼんやりと園田が死んだことを告げる言葉を何度も何度も見直し、指先すら動かさずにじっとしていた。それから、「ああ、死んだんだ」とうっすらわかってきた。なんの感情も湧いてこなかった。頭に浮かんだのは、「これからどうしよう」ということだ。意味のない問いだ。大学に入学したのだから大学に通う。それ以外になにがあるというのだろう。後追い自殺？　おそらく園田がもっとも望んでほしくないことだ。自分には生き続ける選択肢しかない。

自分が生きるため園田のような犠牲者を再び出さないためにはなにかしなければいけない。頭の隅では、なんて大それたところを考えているんだ、という嘲笑が聞こえた。自分でもバカなことを考えていると思う。それでも自分が自分であるため、生きるためにやらなければならないような気がした。

そんな時、石倉は新宿で《声の盾》のビラをもらい、集会に参加するようになった。活動に参加することが、園田に恩返しできなかった自分の贖罪であり、自分自身の存在証明のように感じた。

＊

大学へ向かう道すがら、麻紀子はぼんやりと行き交う人々をながめていた。歩きスマホの人たちは、もしかしたら投票しているのかもしれない。一億総評論家と言われた時代には、みんなが偉そうな一家言を語った。今は一億総陪審員だ。

考えてみると、これまでだって似たようなことはたくさんあった。疑惑の人物がマスコミやネットで取りざたされ、世論が盛り上がると警察が逮捕して有罪にする。直接の嫌疑で有罪にできなくても、別件を作り出す。たくさんの冤罪事件や国策捜査が行われた。公開法廷は、それをネット上で陪審員という制度を使って再現しているのに過ぎないのかも知れない。相互監視する高度大衆化社会。南方が言った通りなのかもしれない。

南方の話していたポスト真実という言葉が重くのしかかってくる。公開法廷の結果は新しい真実を多数決で作るようなものだ。冤罪だろうがなんだろうが、たくさんの人が信じればそれが真実になり、真犯人になる。

底知れない不安を感じる。ネットがリアルを侵食している。ネットで話題になって有名になりたいから、アクセスを増やしてお金を稼ぎたいから、そのためにリアルの人間を操って殺人を犯させる。それも生放送という公然のメディアを使って、何万人もの人の見ている前で堂々とやる。

ＩＳＩＳあたりからネットを通じてリアルの人間を操るメタ犯人が跋扈するようになった。諸外国に比べて日本はＩＳＩＳの影響がほとんどなかったが、代わりにメタ犯人が増えたり公開法廷ができたりした。

その結果、公開法廷で取り上げられるようにリスナーを操って事件を起こし、それを取り上げて配信し、騒ぎをさらに大きくする。そしてテレビや雑誌にまで飛び火する。正確に言えば、飛び火するように天網計画社はあらかじめスポンサーになっている。

殺人事件の被害者になるのも、容疑者になるのも、運次第だ。運悪く、ストーカーにつきまとわれたり、ネットで話題になったりしたら、配信者たちに目をつけられる。山岡秋声の言葉は使いたくないが、まさしく〝メディアテロ〟だ。麻紀子は星野検事を支持したが、考えれば考えるほど怖くなってくる。


大学の研究室にとりあえず行ったが、さしあたってすることはなく、次の論文の下調べをすることにした。ボルチモアの黒人暴動事件を題材にして政府による監視活動の実態を整理する。ニュースや関係者のブログを調べていくと、聞いたことのない会社の名前が何度も出てきた。ソシオフォックス社というのが、この事件で重要な役割を果たしているらしい。

麻紀子の限られた英語読解力ではよくわからない点が多々あるのだが、警察はどうやらこの会社に捜査の一部を委託しているようだ。

ソシオフォックス社について調べてみると、SNSの分析に長けているようで、ツイッターやフェイスブックの書き込みを元に危険な人物や徴候を監視したり、なりすましやフィッシング詐欺を見つけ出したりしているようだ。すでに、アメリカの警察などで導入されているらしい。

フィッシング詐欺は、有名サイトのニセものを作り、サイト運営者を装ったメールを利用者に送って誘導しIDやパスワードやクレジットカード情報を入力させるという詐欺の手口だ。

「不正なログインを検知しました。ご確認ください」といったいかにも本物のサイトからの警告に見せかけたスパムメールを受け取った経験のある方もいるだろう。それがフィッシング詐欺の手口だ。メールに記載されているリンクをクリックすると、ニセもののサイトに移動し、IDやパスワードなどの入力を求められる。

「ウソでしょ?」

麻紀子はある記事を見て思わずつぶやいてしまった。それは同社の開発した人工知能と人間のフィッシング勝負の記事だ。どちらがよりうまく人間を騙せるかという勝負なのだが、人工知能の勝ちだった。その記事によればすでに人間は人工知能のツイートと人間のツイートを区別できなくなっているのだという。もしかしたら、すでに自分のフォローしているアカウントにも人間になりすました人工知能がいるのかもしれないと思うとぞっとする。

ボルチモアの事件では、黒人たちが不穏な動きをしているのをＳＮＳの書き込みから察知してアラートを地元警察に送り、そこで警察が出動したらしい。

それ以外にも、ダニエル・リグメイデンという人物を見つけた。ＦＢＩのスティングレイという携帯の中継器を装った盗聴装置によって証拠をつかまれて投獄されたが、その後、そのスティングレイ自体が違法であり、極秘に使われていたことがわかって釈放された。

スティングレイは携帯の電波をまるごと盗聴する。当然、狙う犯人以外の周囲で携帯を使っている人々の電波も全部受信しているわけだ。そして周囲に誰がいるかなんて事前にわかりっこないので、事前の捜査令状なしでの盗聴になる。なんでもありになってしまったと思う。どうやらこの装置がボルチモアでも使われたようだ。

一方、こうした活動に対抗して、《Copwatch》なる警察の活動を市民が監視するサイトも現れているし、秘匿ネットワークの中でコミュニティを作っている活動家もいる。こうした人々の情報が主に麻紀子の情報源になった。

警察と黒人コミュニティの対立が表面化しただけと思っていたが、裏では想像もしていなかったことが起きていたようだ。

ボルチモアの事件を調べる手を止めて、ＳＮＳをのぞいてみた。ツイッターを中心に山岡秋声支持の声が広がってゆく様子が手に取るようにわかった。話題に上る頻度がぐんぐん増えている。ロジックとしては必ずしも完成度は高くないし、感情的にも認めにくい。それなのになぜ？と思うが、取り得る選択肢は四つしかないのだ。三人の検事の主張と、全て否定するかだ。

その中で選ぶならありなのかもしれないが、麻紀子としては星野を押したい。一番筋が通っていたような気がする。なぜ、みんなはそう思わないのだろう。

投票結果発表の日、麻紀子が研究室でソシオフォックス社の情報を整理していると、南方が現れた。

「おはようございます」

麻紀子の挨拶に南方は、「うむ」と言葉少なく応じ、向かいの席に腰掛けた。

「山崎くんは誰に投票したのかね？」

さっそくその質問が来たか、と麻紀子は苦笑した。必ず公開法廷の話題になるだろうと予想はしていたが、着いてすぐとは思わなかった。

「やっぱり星野さん支持で吉野大樹にしました。先生は投票したんですか？」

「小生は投票しなかった。代わりに結果を予想した」

「結果を予想するなら、投票した方がいいんじゃないですか？　当たったらもったいないですよ」

「当てようという邪念が入るといけないからね」

「そういうものですか？」

「小生の考えが当たっているか、確認したくてね」

「はあ」

「公開法廷はつまるところ、みんながそれらしいと思う犯人を当てるゲームだ。真犯人を当てるわけではない。表向きは真犯人を当てることにはなっているがね」

「そのふたつって違うんですか？」

「似ているようで、全く異なる。公開法廷で取り上げる事件は物的証拠のないものが多いだろう？　印象操作で陪審員の目をくらませば勝てる。そして多くの陪審員は一般人だから、キイワードによるパターン認識で物事をとらえがちだ。わかりやすいパターンにはまる、もっともらしいストーリーを語る検事が勝つ」

「真実が一番もっともらしいんじゃないんですか？」

「そうとは限らない。君もこの国で過去にどんな裁判が行われてきたか、知っているだろう。動機も証拠もつじつまが合わないものなんかいくらでもある。でも、それがまかり通ってきたのにはちゃんと理由がある。もっともらしいからだよ。もっともらしいというのは、真実のように見えること、受け入れやすいことと言えばわかりやすいかな」

「えっ？　真相はどうでもいいんですか？」

「真相よりも真相らしいものが大事なのさ。それがしの見る限り、ある時点から世の中は真実ではなく、真実らしい印象を与えるもので代替するようになっていた。警察の捜査も推理小説もそうだ。まさにポスト真実の時代だ」

南方の言っていることはわかるが、納得はできない。それではいろいろなことがおかしくなってしまう。

「先生のその説によると、誰が勝つんですか？」

「山岡秋声だ。彼が一番、キイワードのパターンにはまったストーリーを語った。今回だけでなく、彼が手がけてきたいずれのケースもそうだった。理屈で考えると、この被告を有罪にするのは無理だろうと思うケースでもこじつけではあるが、キイワードのパターンに当てはめて勝ってきた」

「キイワードのパターンですか？」

「今回で言うと、人妻、不倫、離婚、殺人、仲の悪い母子だね。さまざまな種類の動機をカードにしたポーカーのようなものだ。犯罪の動機につながる典型的なキイワードを用意しておき、事件が起きたら関係ありそうなキイワードを並べて、どれとどれを組み合わせれば、それらしいストーリーになるか考える」

「そんな単純な方法で勝てるんですか？」

「現に山岡秋声は勝ってきた」

「彼なりに事件について深く調査して勝ってきたってことではないんですか？」

「いや、小生のみたてでは彼は事件についての調査の前に物語を用意している。それに合わせて、動機や証拠を考えるんだ。だから時には、ひどいこじつけになる」

麻紀子はいささか混乱していた。今まで公開法廷は人気投票的なところがあるとか、こじつけが多いとか考えてきたことはあるが、キイワードのパターンで勝敗が決まるというのは思ってもみなかった。

「山岡秋声は、よく突飛な被告を告発するが、キイワードのパターンに落とし込めれば相手が誰であっても犯人にできる自信があるんだろう」

「にわかには信じられません。だって、きっとその考え方は公開法廷だけでなく、他のことにも当てはまるんですよね。それこそ選挙とか、経営とか……」

「そりゃそうだ。そもそもこれはポスト真実の話でもあるんだからね。もう少し踏み込んで考えてみよう。民主主義というものが多数決を基本にしているのであれば、全国民を陪審員にして裁判してもいいはずだというのが公開法廷が生まれた背景だ。そもそも法律は国民が投票して選んだ国会議員が作っている。そういう意味では、司法も投票で決まるようになってもいい。興味深い」

興味深いという南方の言葉に、思わず麻紀子は言葉を失う。印象操作であらゆるものが決まるなんて怖いとしか思えない。公平で論理的な方法で法律が運用されているからこそ、やってはいけないこととやってよいことがはっきりわかる。

印象操作になってしまったら逮捕されて有罪になるのは「印象の悪い人」で、「印象のよい人」は悪いことをしてもおとがめなしだ。実際に犯罪に手を染めるかどうかは関係ない。逮捕されたくない、罰せられたくないから罪を犯さないという歯止めがなくなる。そんなことが許されていいはずはない。

「山崎くんは、それじゃ社会の基盤が壊れてしまうと考えていそうだが、我々の社会は高度大衆化社会であって、そこでは周りからどう見られるかが一番大事だ。真実ではなく大衆にとって気持ちよいものが大事なのだよ」

そうだ。自分がぼんやりと考えていたことをそのまま言葉にされた。世論が真相を作るのが、公開法廷であり、もしかしたら日本という社会なのかもしれない。

「山岡秋声が勝てば次の展開があるだろう」

南方は一言付け加えた。次の展開？　麻紀子が訊ねると、「この公判はプロローグに過ぎないということだね」ともやっとした返事が返ってきた。

*

「《声の盾》はＳＮＳ分析ツールについて調べてないかな？」

石倉は突然やってきた社長に質問された。

「あの……どういうことでしょう？　すみません。なんのことだが、ちょっとわからなくて」

石倉の席まで社長がやってきて質問するのはよくあることだが、《声の盾》について訊かれたのは初めてだ。

「誰かがSNS分析ツールを使って、世論操作をしている。そこで使われているツールがどこのものなのか、あるいはオリジナルなのかを知りたい。場合によってはオレたちのライバル商品になりかねない」

石倉は愕然とした。顔色が変わったのが自分でもわかる。

「日本のSNSが世論操作されてるってことですか？」

「そうだ。うちのSNS分析ツールのテストでここ数か月のSNS世論の動きを分析してみたところ、誘導されている可能性が高いことがわかった。既存の政党や市民グループによるものとは違うものだ。そもそも規模が全然違う」

「それ以外の誘導があるっていうんですか？」

「分析結果ではそうなってる」

「やっぱりよくわからないんですが、たくさんの人物が違うIDでいくつも同じ趣旨の投稿をして世論がそっちに向かっているように見せかけようとしているわけではないですよね。そんな基本的なトリックは簡単にばれます」

「もちろんそんな素人みたいなことはしていない。要するに傾向分析だ。投稿の内容の傾向を整理して類似のパターンを抜き出し、その頻度や投稿時間、文字数、語彙などを分析した。その結果、きわめて酷似した行動をとっている多数のＩＤが見つかり、その行動を分析した」

石倉は声が出なくなった。もし社長の言う通りなら、もはやそれは分析ツールではない。兵器だ。ＳＮＳ制圧兵器……噂になったことは何度もあるが、実際にその姿を見たことはない。まさか日本のネットで見ることになるとは思わなかった。

「ですが、まだロシアでも主力は手動ですよね。ＳＮＳ制圧兵器が日本で使われているって言うんですか？」

言ってからだいぶはしょってしまったと気がついた。

「オレもまだ半信半疑だが、うちのツールの結果を信じるならその可能性が高い。この規模を手動で実行するのはほぼ不可能だ。早く事実が知りたい。もしそうならウチの数歩先を進んでいるところがあるってことになる」

ウチの数歩先……社長の懸念はそこなのだ。ライバル企業の登場を危惧している。石倉はそれが誰にも知られず日本で稼働して効果を上げていることの方が恐ろしい。社長の話だけでは具体的な規模はわからないが、ＳＮＳ世論操作は時には選挙結果すら変えかねない威力を持つ非破壊匿名兵器なのだ。

「その……まず根拠になったデータを見せてもらえますか？」

「やってくれるよな」

「え？」

「《声の盾》でＳＮＳ世論操作について調査したデータがあったらオレに教えてくれ。とにかく詳しいスペックとどこが開発して運用しているのかを知りたい」

「は、はい。もちろんです」

石倉はそれより相手の目的を知りたい。やはりロシアか中国が仕掛けているのだろうか？　それとも国内の政党あるいは思想団体？　いずれにしても今の日本は無防備すぎる。海外ではＳＮＳ世論操作は明確に攻撃であり、ＳＮＳ制圧兵器として位置づけられている。日本では未だにどの省庁が対応するかすら決まっていない。

「頼んだぞ。詳しいデータはラボに行けば見られる。他の仕事より優先度あげてやってくれ。悪いけど、それで頼む」

社長の最後の言葉は隣席の石倉の上司に向けられたものだ。その上司は、「はい。大丈夫です」と短く答えた。

社長が去った後で石倉は、「すみません。なんか変なことになっちゃって」と謝る。

「気にしないでいい。例の企画書は提出まで時間があるから、社長の案件を先に片付けちゃっていいよ」

「ありがとうございます。ちょっとラボで詳しい話を聞いてきます」

ラボとは同じフロアの片隅にある開発関係者の部屋だ。石倉は席を立つとラボに向かった。その前に、《声の盾》の知り合い数人にメールやLINEで日本国内のSNS世論操作について心当たりがないか質問を送っておく。

何度来てもラボは入りにくい雰囲気がある。独立した部屋ではないのだから目指す相手の席まで行くだけのはずだが、他の部署と違う空気があり、見えないバリアでもあるような気がする。ラボのエリアに一歩踏み込むのにも勇気が必要だ。

「あの、ＳＮＳ世論操作の件で社長から詳しいデータをここで見るように言われたんですけど」

石倉は思いきってラボに入り、社長から訪ねるように言われた土田《つちだ》に声をかけた。「もっさりしたチェック柄のひげ」という社長の言葉そのまんまの人物はすぐに見つかった。社長によれば土田はどんな時でもチェック柄のシャツを着ているらしい。

「石倉さん？　オレは土田。社長から話は聞いてる」

この会社では社員は上下年齢の別なく全員〝さん〟づけで呼ぶことになっている。

「土田さん、よろしくお願いします」

「かなりヤバイよ。最初はプレスリリース出そうかって言ってたんだけど、詳しく見れば見るほどヤバすぎて外部に出せない」

「どういう意味ですか？」

「うちのＳＮＳ分析ツールの結果の見方はわかる？」

「はい。企画営業やってますから」

「じゃあ、データ見てもらった方が早い」

土田が自席のディスプレイいっぱいに分析結果を表示し、石倉を手招きする。嫌な予感がする。

一目見ただけですぐにわかった。いくつかの指標で見たことのない異常な数値が出ていた。テストやデモンストレーションで使う極端に偏ったデータなら、これに似たものがあるが、現実にここまで偏ることはまずない。

「これってリアルのデータですよね？」

ＳＮＳの分析は複数の指標を用いて多面的に行う。代表的な指標のひとつは個々のツイートを統計的に整理、分析するものだ。ツイートしている時間、内容（含まれる単語で判断）、頻度、文章量、文章のくせ、画像の有無、画像の内容、位置情報、ハッシュタグなどだ。個々のＩＤごとにそのパターンを整理し、全体を見るときわめて似通ったものが見つかることがある。ほとんどの要素で似ていれば同一人物が複数のアカウントを使って書き込んでいる可能性が高い。書き込んでいる時間帯が平均的なツイッター利用者と異なっていて、かつ同じ時間帯で複数のアカウントが書き込んであれば、それらは海外で同じ時差の場所からのアクセスの可能性がある。利用しているハッシュタグが切り替わるタイミング、含まれる単語など、さまざまな角度で類似点をチェックし、分類する。その結果、組織的に書き込みが操られている可能性を確認できる。

他にはアカウントのフォロー、被フォロー、フレンド、あるいはリツイートやリプライ、参照など他のアカウントとの関係性の分析などがある。どのアカウントに対するものが多いか、反応するハッシュタグや単語、頻度などを整理、分析し、その相互関係を明らかにし、グループ化する。影響力の強いアカウントやその伝播速度などがわかる。

影響力の強いアカウントが少数存在し、伝播速度が速く、伝播範囲が広かったら非常に危険な状態と言える。

「もちろん、オレの言った意味がわかっただろ。うちの手法だけじゃなくて、他の手法も使って比較してみたけどが結果は似たようなもんだ。ただ単純なソーシャルグラフや統計的アプローチには引っかからない。相手はプロだろう」

「こんなにはっきりしているなんて……しかも操作係数も異様に高い。まるでロシアの掲示板なみじゃないですか」

操作係数とは特定のグループが全体の書き込みの傾向をコントロールできる指標だ。この数値が高ければ高いほど、SNS全体がそのグループによって操作されていることになる。

ロシア国内の主要なネット掲示板は二〇〇〇年以降、SNS世論操作によって体制派で埋め尽くされている。日本のSNSとは思えない。愕然としたこの影響力はただ事ではない。

「わかると思うけど、アメリカなら暴動を起こせる状態だよ。二〇一二年から二〇一四年にかけて発生したアメリカの黒人人権活動に関連した暴動はこれくらいの状態で起きてたはず。株式市場をターゲットにしていたら市場がクラッシュする。知ってると思うけど、二〇一三年にシリア電子軍がAP通信社のツイッターアカウントを乗っ取ってテロのフェイクニュースを流した時、株式市場はパニックになった。二〇一〇年にダウ平均が一分未満に約九パーセント下落した歴史的な事件があった。これもSNSが原因と言われている。自動トレーディングシステムがSNSの投稿を参照しているのを悪用してCynkという会社の株を数十億ドル高騰させた連中もいた」

石倉の会社では世界中のSNSのデータを元に分析方法を開発している。ロシアやアメリカのデータから得られた知見もそのひとつだ。この数値が正しいならJアラートを出してほしいくらいだ。日本でこの規模の暴動が起きれば局地的には津波やミサイルくらいの破壊力はある。しかも自然災害ではなく、人が人を襲う。その後遺症は尾を引き、長く社会を蝕むだろう。

「極端なヘイトスピーチが拡散したり反体制のデモが扇動されたり、実際のデモも以前より多くなってるだろ。その気になれば暴動は可能だ」

「そんな危険な状態だったんですか……いったい誰が仕掛けているんです？」

「普通、中心となる発信者が少数に絞られる。今回も絞れたけど、きっと主犯じゃない。それもダミーだ。発言のパターンは似ているが、アカウントが切り替わる。そして追随する連中もちゃんと新しいアカウントについてゆく。こちらがプロフィールを特定する前にこまめに切り替えてるんだ」

「そこまでやってるんですか⁉　こんなの僕らだけで抱え込んでも解決できない。しかるべき機関の協力を仰がないと無理じゃないですか？」

「おいおい。警察も公安も対応できないぞ。日本ではSNS世論操作に対処する組織はないんだぜ。知ってるだろ。それに現政権自身もSNS世論操作を仕掛けているから、あまりこの手の話題には触れてほしくないはずだ。まともにとりあっちゃくれない。サヨクのトンデモ陰謀論扱いされて終わりになるだけだ」

「でも、ほっとけないですよね」

「……お前、正義とか信じてる人種？　そういうの流行らないし、長生きできないぞ」

「だってヤバイじゃないですか」

「このへんで暴動起きたら仕事にも支障でるよな。でも、オレにとっちゃそれだけだ。そうか、お前は《声の盾》のメンバーだったな。噂で聞いたことがある」

土田の目つきがうさんくさいものを見るように変わった。またか、と石倉は失望する。

「《声の盾》でもSNS世論操作をやってるんじゃないの？」

「やってません。少なくとも僕は知りません」

＊

その夜、麻紀子は一時間以上前から公開法廷が始まるのをじっと待っていた。南方の予想通りなのかがどうしても気になる。そうなってほしくないという気持ちと、そうなりそうな気持ちが入り交じる。

画面には、ネット上で話題になっている投票結果の予想が流れている。自分自身で生放送を行っている検事や弁護人もいる。山岡秋声の放送があったら観てみたいと思ったが、放送していなかった。投票結果が出てから放送の予定だ。必ず勝つという自信があるんだろうか？

ぼんやり画面をながめていると、いったいなんのためにこんなことをしているんだろう、という気分になってきた。時間の無駄遣いなのは間違いない。それでも観たくなる。堂々巡りの自問自答を繰り返しているうちに時間になった。

画面に公開法廷の文字とオープニング映像が流れ出す。そんなものはいいから早く判決を教えてほしい。

オープニングが終わると、事件のタイトルと、三人の被告と検事、弁護人の名前が映し出される。

——判決。

おごそかな声が響く。ベッドに寝転んでいた麻紀子も、身体を起こして正座した。

——被告、鷺山かをるを有罪とする。

山岡秋声が勝った。

コメントが画面にあふれる。麻紀子がSNSを確認すると、やはりコメントが大量に投稿されており、ツイッターのトレンド入りした。ネットニュースのいくつかが速報を出した。

――総投票数八千七百九十八万六千八百三十人。得票数、鷺山かをる四千五百六十六万三千三百四十一、吉野大樹二千八百六十七万五千二、園山暁彦一千二百三万七千六百一、犯人なし百六十一万八百八十六。

――検事である山岡秋声からひとこと。

「陪審員のみなさんが正義を選んでくださったことに感謝します。このような犯罪が減ることを願ってやみません」

山岡秋声は短いコメントを返す。

被告である鷺山かをるは、どんな思いでこの判決を聞いているのだろうと思うと胸がふさがった。

画面では、この後の深夜帯のテレビ番組で予定されている特集を紹介している。

南方の考えていたことが合っていたと思うと、なんだか夢も希望もない気分になる。

警察はこれまでも世論に押される形で捜査や逮捕をしてきた。昔は世論を形成する役割を担っていたのは新聞やテレビなどのメディアだった。今はネット世論に変わった。そう考えると少しは納得できるが、どうしても釈然としないのは、自分の考え方が古いのかもしれない。ほとんどの人はなんの疑問も持っていないのだ。

ひどくエンターテインメントな悪夢のディストピアだなと麻紀子はひとりごちる。そして、これをディストピアと思わない人間の方が多数派で、自分は反社会的な危険分子なのかもしれない。多くの人間はこれを中立公正な司法制度だと考えているのだ。

翌週、この事件を裏で操っていたメタ犯人アイエム（本名、真田勝）が逮捕された。テロ等準備罪だ。配信を通じて殺人などの犯罪行為を計画、教唆していたという罪状だった。翌々週に、アイエムを含む三人が公開法廷にかけられ、アイエムは有罪となった。その後すぐに国会にネットの生放送に対する規制法案が提出された。

南方が言っていたのは、このことだったのかもしれない。ネットの生放送を規制するために政府が仕掛けたのだと。しかし、それでは政治がネット世論を通じて司法を支配していることになる。

第二章　デモ学生殺人事件

論文作成のためにソシオフォックス社に関する記事を調べていた麻紀子は、ひどく嫌な不安に襲われた。見知らぬ誰かから覗かれているような気分。それもねちっこい正体不明の変質者だ。

ソシオフォックス社の名前が広く世に知られるようになったのは、二〇一五年春に起きたアメリカの黒人暴動事件の時だった。今回の事件と同じく白人警官が黒人の容疑者を逮捕、拘留し、死に至らしめた。死因は警官の過剰な暴力だったとして抗議活動が起き、騒ぎとなった。

この時、ソシオフォックス社はボルチモア市と全米各市の警察署に自社サービスを売り込む営業メールを送付していた。数年前から盛り上がりを見せ、時には暴動にまで発展することのあった黒人の抗議活動について、監視が必要であると説明し、暴徒がＳＮＳを活用していること、彼らの動きを事前につかむには同社のツールが有効であること、そして始めるなら今しかないと訴えていた。

同社がボルチモア市に送ったメールにはいくつか資料が添付されており、同市のあるメリーランド州知事のメールとＳＮＳアカウントが乗っ取られていることや、ＳＮＳで人々を煽っているアカウントのいくつかがロシア政府関係者がアメリカ国籍を持つ黒人になりすましたものだという指摘も含まれていた。さらに、もっとも危険な人物としてふたりの黒人の個人情報まで載せていた。

ソシオフォックス社は民間企業だから監視用のツールを商品として販売し、買った警察は差別的な基準で選んだ市民のネット上の活動を黙ってじっと追跡する。気味が悪い。同じようなことをしている企業は他にもたくさんあった。

二〇一六年一〇月十一日、アメリカの自由人権協会は、「フェイスブック、インスタグラム、ツイッター社は人種差別への抗議を行っている活動家を標的とした監視活動の製品にデータを提供している」とＳＮＳ企業とＳＮＳ分析専門企業を名指しで批判した。ジオフィーディア社、メディア・ソナー社、エックスワン社だ。ジオフィーディア社はアメリカ国内を中心に五百以上の顧客を持つという。麻紀子が検索してみると他にもＳＮＳ分析用アプリを開発している企業はあった。アメリカではＳＮＳの監視がそこまで当たり前になっていることに驚いた。

ＳＮＳに投稿されたものだから誰に見られても仕方がないという言い方もできるが、それは違うと思う。ＳＮＳで監視されることは街を歩いている時に尾行されるようなものだ。外を歩けば必然的に人目に触れる。うしろめたいことがないなら尾行されてもかまわないとは思わないだろう。尾行されれば、どこに行ったか、誰と会ったか、なにを話したか、自宅や勤め先までわかってしまう。明らかなプライバシーの侵害だ。日本だって対岸の火事と安心してはいられない。

ボルチモアの事件を調べていると、人間の心の奥に澱《よど》んでいる悪意を垣間見たような気分になった。どんなに繕《つくろ》っても、ふとしたことで表に出てくる隠された差別。それが最新の技術によって監視ソフトの姿で現れた。

「先輩、元気ないですね」

研究室で資料を読みながらため息をついたら、卒論指導を受けるために来ていた吉永が心配そうな声を掛けてきた。

「え？　そう？　そんなことないけど」

そうは言ったが、嫌な気分はどろりと胸に残ったままだ。

「ならいいんですけど、メンタルがへらったりしないでくださいね」

吉永は屈託なく微笑んだ。

「吉永くんの卒論はどうなの？」

「とりあえず枚数は最低限をクリアしたんで、終わりが見えました」

そう言って胸を張る。

「枚数クリアしてるなら書きかけのまま提出しても合格するから大丈夫」

「それは言わないでください。せっかく最後までやる気になってるんです。卒論なんですもん、ちゃんと書きたいじゃないですか」

「えらいなあ。大学生じゃないみたい」

「今まで勉強してこなかったお詫びみたいなものです。それよりも今日から新しい公判が始まりますね」

「なんかお知らせが来てたね。えらく社会派だったような気がする」

「デモで学生が死んだ事件だから社会派っていうか重いですよね」

「憲法改正反対のデモに参加した大学生が脳挫傷で死んだとかっていうヤツね。あれは結局、証拠不十分で不起訴になりかけてたんでしょ？」

「デモの混乱で容疑者と目撃者と証拠が多すぎて逆に絞りきれなかったようです」

「ええ？　多すぎてってどういう意味？　多ければ多いほどいいんじゃないの？」

「違うんですよ」

吉永は目を輝かせた。かなり公開法廷にはまっている。

「相互に矛盾するんです。数千人が参加したデモで混乱した現場ですから映像は乱れてますし、死ぬまできっちり撮影したものはない。断片的に被害者の植田《うえだ》さんがもみ合ったり、殴られたり、倒れたところを踏まれたりしている映像があったり、目撃者がいるだけなんです」

「だって即死ってわけじゃないんでしょう？　だったら死ぬ間際に近くにいた人ならわかるんじゃないの？」

「死ぬ直前に一緒にいた人はいるんです。でも、その人は植田さんが頭を殴られるとこは見ていないんですよ。倒れて意識不明の植田さんを見つけたんです。ＳＮＳでは警官が殺したっていう人が騒いでるし、警察は転んだところを仲間が踏んづけた可能性もあると言ってるし、外国の陰謀説を唱える人もいるし、いまだにネットでは議論が続いてます」

「それって、すでに君島効果の第二段階に入ってない？　勝手にどんどん証拠や証言が集まってくるっていうアレ」

「フェイクニュースも出るし、ほんとカオスです。注目を浴びているから取り上げたんでしょうけど、きわどい話題ですよね」

フェイクニュースと聞いて麻紀子は不安を覚える。

「なんかとんでもないことになりそう。誰が検事になるのかしらね」

「山岡秋声さんは、すでに活動を開始してますよ」

「え？　だってまだ決まっていないんでしょう？　それとも内定の連絡でもあったの？」

「内定の連絡はあるみたいですけど、それは公表しちゃいけないんですが、こっそりとなら事前の広報活動をしてもいいってことなんで、公然の秘密みたいなものなんですかね。山岡クランも百万人を超える大所帯になったんで、いくつかに分けて告知と議論を進めているんですよ。僕は青年部の所属なんですけどね」

「内定通知なんかするんだ。クランが年齢別ってのもびっくり。地域とかじゃないんだ」

「ネットなんで地域は関係ないってことですかね。世代が同じだと考え方が近いからまとめやすいってことなんでしょう。年齢も自己申告なんであてにならないんですけど」

「まとめる？　クランってメンバーの意見を集約したりするの？　それとも山岡秋声の意見を知らしめるだけ？」

「山岡さんの意見を告知して、みんなの意見のフィードバックを受けつけるって感じですかね」

「さすがに腕利きは違うわ」

感心する一方で怖いとも思う。まるで宗教や思想結社みたいだ。いや、宗教や思想結社がいけないわけではない。だが、これは文化活動や政治ではなくて司法だ。本来は中立でなければならないはずのもの。それがこんな風に派閥のようなものを作っていいのだろうか？

「実際の検事も学閥やらなんやらがあるみたいですし、だんだん公開法廷もこれまでの司法に近づいてきたのかもです」

麻紀子の懸念を察したのか吉永が付け加えた。

「デジタル隣組制度が始まるとますますネットとリアルの区別がなくなりますよね」

デジタル隣組と聞いて寒気を覚える。

「なにそれ？」

「先輩！　なんで知らないんです？　公開法廷で始まる制度ですよ。かなり期待っていうか、なにが起こるかわくわくしてるんです」

「隣組って悪い印象しかないんだけど」

「なんで悪い印象あるんです？　僕はこれで初めて隣組って言葉を知ったんですけど。検索したら実際に昔あった日本の制度だったみたいですよ」

「あれって事実上の相互監視システムでしょう？　ご近所さんがグループになって、なにかあったら連帯責任で全員罰せられる。密告すると自分だけは助かるから、変に探り合ったり、牽制し合ったりして、すごく雰囲気悪くなる」

「なるほど、そういうものなんですね。でも、相互監視って言えば確かにそうですけど……政府に監視されるよりもよくありません？　相互監視なら誰に見られているかわかるわけじゃないですか」

そういう考え方もあるのかと驚く。知り合いに監視される方が気持ち悪いと思うのは自分だけなのだろうか。

「それに公開法廷のデジタル隣組はグループ単位で意見交換して議論を深めましょうというのが中心で、そこで不審なアカウントに気づいたら連絡してくださいってくらいなんで、ちょっと違うと思います。運営側も大変なんですよ。だって荒らしやフェイクニュースや問題になることをする人が増えたから、早い段階で止めたり、抑制したりする仕組みが必要だったんです」

「……吉永くんは運営側の発想になってるね」

「前にも言いましたけど、天網計画社に就職したいと思ってたことがあるんで、そういう視点で見ているんです」

「私は一般人だから、そこまでやらなくてもいいじゃんって思ってしまうなあ。議論している相手が、私のことを密告するかもしれないなんて心配したくないし、自分から密告もしたくないし」

「いや、やましいことがなければ心配することはないし、不審な点がなければ密告しなければいいんですから特別なことじゃないでしょう。普通にしていればいいんですよ。それに、公にはされていませんけど、なりすましアカウントもかなり問題になっているらしいです」

「なりすまし?」

「検事や弁護人、被告がなりすましアカウントを作って、敵対するクランに潜入してわざと議論を乱したり、ケンカが始まるように仕掛けたりするんだそうです。そういう妨害工作目的のアカウントは、今回のデジタル隣組制度で確実に排除できます」

「そんなことまでしてる人がいるの?」

それはもはや犯罪だ。

「もはや裁判というより、社会的な実験に近くなってますね。いろんな思いがけないことが起きます」

「社会的な実験ねえ。でもこれはリアルな裁判でもあるんだけどなあ。どうして、そこまでするんだろう。自分が正しいと思う方に投票するだけでいいじゃない。他人に意見を押しつける必要なんかない」

「やっぱり勝ちたいからなんですかね。勝って認められてポイントも稼ぎたい」

「現実逃避と承認欲求なのかなあ」

「それって、とりあえずなんにでも当てはまりそうなパワーワードです」

吉永は笑ったが、麻紀子は笑えなかった。ネットの上では、「現実逃避と承認欲求」を商売のネタにしている企業が多すぎる。

「おはよう。おや、また吉永くんもいるんだ」

南方がいつものように飄々と現れた。風のようになにものにも惑わされない感じはある種の癒やしだ。麻紀子はほっとした。

「新しい公判が始まるんです。ご存じでしたか？」

席に腰掛けた南方に吉永が問いかける。

「うん、知っておるよ。今日のニュースは見たかね？」

麻紀子と吉永がきょとんとした顔をすると、南方は胸ポケットからスマホを取り出した。

「拙者が読んでしんぜよう。今日のニュースだ」

そう言うと、顔にスマホを近づけ、読み上げ始める。

「今回の植田研一《けんいち》さん死亡、いわゆるデモ学生死亡事件について司法省は公開法廷でとりあげることを決定しました。それを待っていたかのように米国ソシオフォックス社がこの事件に関わる重要情報を公開しました。同社によれば、この事件に関して活発にＳＮＳ上で発言しているいくつかのアカウントがロシア政府の関係者によるものである可能性が高いとのことです」

麻紀子は耳を疑った。日本のSNSでロシアのなりすましアカウントが活動している？　論理的に考えればなんの不思議もないことだし、むしろあってしかるべきでそのことを予想しなかった自分が間抜けだっただけだ。

いや、そこまで疑うならソシオフォックス社の言うことも疑うべきだ。「サイバーセキュリティ企業はニュースを作る」という言葉があるくらいだから、彼らの言うことをまるごと信用してはならない。日本市場を開拓するためのデマの可能性もある。

サイバーセキュリティ企業が暴露する某政府の長期間にわたるネット上の秘密作戦なんか、そもそも秘密なんだから誰にも検証できない。でっちあげられてもわからない。いろいろなサイバーセキュリティ会社がさまざまな作戦を暴き、それをニュースにしているが、裏付けを確認できないから多くの報道機関がほとんどそのまま取り上げている。後で誤報だったことがわかるケースもあるが、それは稀だ。ウソだったとしてもそのまま事実としてニュースになる。

「同社はアメリカのボルチモアに本社を置くIT企業で、全米の警察署および政府機関に対してSNSをはじめとするネットの監視アプリを提供しており、人工知能によりなりすましや詐欺アカウントを発見する技術を有しています。今回の発表は同社が日本のSNSの動きを分析した結果です。さらに同社は、この事件に先立つ憲法改正についてのSNS上のやりとりにおいても、賛成派と反対派いずれにもなりすましアカウントが存在し、議論が過熱するように仕向けていたとのことです」

　南方は続けて衝撃的な内容を読んだ。本当だとすればとんでもない。もしかしたら二〇一三年に日本のネット上で選挙活動が許されるようになった時から、すでに海外からの日本のＳＮＳへの干渉は始まっていたのかもしれない。アメリカでトランプ大統領が誕生した裏側に、ロシアの密かな作戦があったように、日本の政権もロシアや中国が裏で日本の世論を操っているのかもしれない。

「この発表があって、すぐ後の公判というのはできすぎだ。公開法廷の運営側は、以前からこのことを知っていたのかもしれない」

「ソシオフォックス社と取り引きがあるのかもしれません。考えたことはないですけど、公開法廷はＳＮＳが重要な役割を果たしていますし、デジタル隣組制度も始まりますからソシオフォックス社の協力を仰いでいても不思議はないですね」

　麻紀子が硬い声で答えると、南方は無言でうなずき、妙な沈黙が襲ってきた。

「小生のキイワード理論に従えば、今回はソシオフォックス社の発表を反映したキイワードが優位に立つ」

「じゃあ、たとえば外国の工作員が殺したっていうことになるんですか？」

　麻紀子はいくらなんでも突飛すぎると思う。

「それもひとつの選択肢だね」

「他にもあるんですか？」

「外国の工作員は取り上げたいが、それだと容疑者を連れてこれないし、仮に誰かが代役をしてもウソ臭くなりすぎる。だから、外国の工作員が被告のひとりになるとしても、それは本命ではない。本命は、外国の工作員のなりすましアカウントに踊らされた日本人のデモ参加だろう。デモ参加者を有罪にすることで、外国の工作員に騙される無意味さと、そもそも国内で内輪もめしてる状況ではないということを知らしめる」

「待ってください。先生は、公開法廷が政治的思惑で動いていると思っているんですか？」

吉永は首をひねる。運営側の視点に立っている彼からすれば当然の反応だ。

「運営側がどこまで考えているかはわからないが、当局の天下りを受け入れ、体制側にお目こぼししていただいている以上、こうしたアピールは有効だと思う」

「うわあ。なんか、夢が壊れますね。大人って汚いって感じです」

吉永がため息をつく。

「大人とかそう言うことじゃなくって、これは言論統制です！」

麻紀子はいきりたつ。

「いや、それは言い過ぎではないかな。単に世論を誘導しているだけだよ。やり過ぎの感は否めないがね。山崎くんの論文にはよい傾向だと思うぞ」

「確かにそうですけど、こんな身近なことになるとは思いませんでした」

「ネットとＳＮＳはどこにでも繋がっている。最近、君のテーマは思っていた以上に普遍性のあるものだと考えるようになった」

うれしいような怖いような……自分でもよくわからない感情に見舞われた。ただ、これ以上このテーマを追いかけると戻れない気がする。

＊

結局、《声の盾》の知り合いは誰も日本国内のＳＮＳ世論操作について知らなかった。そのことを社長に伝えると、どんな方法でもいいから相手の正体を探ってくれと指示された。

しかたなく土田からラボのデータベースと分析ツールにアクセスできるＩＤを発行してもらい、数日の間、データと格闘した。ラボにやってもらった方がいいのだが、開発でそれどころではないらしい。またツールの使い方について教えてもらっているうちに土田と親しくなった。

最初は市民活動に関わっているということでかなり距離を置かれていたが、技術的なことで話し込んでいるうちに土田の心もだいぶほぐれてきたようだ。その日も石倉は土田の席まで行って話を聞いていた。

「《声の盾》にはシステムにくわしいヤツらもいるんだろ？　そいつらにも訊いてみた？」

「メールは送ったんですけど、知らない人が多いです。返事来ない人もいるんですけど、忙しいのかもしれません」

「みんな、ちゃんと仕事してるんだ」

「ほとんどは会社勤めしてる社会人ですよ。プロ市民とかいないです」

その時、石倉のスマホが鳴る。

「LINEで返事が来ました」

《声の盾》のサブリーダーでシステムにくわしい木崎《きざき》からだ。石倉とは親しい。そういえばこいつからの返事はまだだった。いつも忙しくしているから既読無視も当然だと思っていた。


――残念ながら見つからなかった。でも、言われてみればここ数年の国内SNSの動きは極端な議論が多くておかしい。海外ではSNS世論操作はあるのが当たり前だから日本もあるのかもしれない。だとしたら危険だ。むしろこっちも情報が欲しい。なにかわかったら教えてくれ。もしかしたらダークウェブに手がかりがあるかもしれない。記憶違いかもしれないが、オープンソースのSNS世論操作ツールがダークウェブにあるという噂を聞いたことがある。


ダークウェブとは一般のインターネットと異なり、匿名性が高く、暗号化されているため盗聴や身バレの危険が少ない。そのせいで非合法なものの売買を行うサイトが多く存在する。

「やっぱりわからないようです。ダークウェブなら手がかりがあるかもと、アドバイスもらいました。ＳＮＳ世論操作ツールを配布しているサイトがあるとか」

石倉がつぶやくと、土田が顔をしかめた。

「ここから接続するつもりか？」

「ダークウェブを利用すること自体は違法じゃないですよ。それに匿名だし、知り合いもいるし、危ないことしなければ大丈夫です」

「気をつけてくれよ」

知り合いといってもネット上のＳＮＳ分析ツールのコミュニティサイトで知り合った相手だ。上品なエンジニアと違って危険なツールの開発者たちはダークウェブに集う。直接人を殺傷することはないが、曲がりなりにも〝兵器〟なのだ。海外でそんなものを開発するのは死の商人かハッカーしかいない。正確に言えば開発に手を染めた時点で、そのふたつのどちらかに分類される人種となる。

ダークウェブに接続するためには匿名化できる通信ツールを使う。だから正体はわからないし、追跡もできない。

石倉が自席に戻ってダークウェブの行きつけのコミュニティに質問を書き込むとすぐに返事が来た。

――ヒュドラのことじゃないか？

聞いたことのない名前だ。

――ヒュドラってなんだ？

――日本の誰かが作ったオープンソースのSNS分析ツール。あれを改造すれば制圧ツールを作れると思う。ただ、だいぶ前に公開をやめちゃったけどね。

――ほんとか？　どこにあるんだ？

――公開停止直前のアーカイブがどっかにあるはず。

石倉は驚いた。オープンソースのSNS分析ツールは世界的にも珍しい。日本人がそのひとつを開発していたなんて全く知らなかった。それにしてもなぜ公開をやめたのだろう？

オープンソースというと、ボランティアが開発するフェアでよい意図というイメージがあるが、中には標的型攻撃ツールのオープンソースなど犯罪に利用できるものもある。ヒュドラもその類いで悪用できる機能があったのかもしれない。

ヒュドラそのものも同じサイトの過去の掲示板にアップロードされていた。日付は三年前。石倉は自分のPCに安全を確認できる環境を用意して、そこにダウンロードする。

最初にドキュメントで構成や仕様を確認した。

出てくる名前を次々と検索してみる。たちまち、ヒットする。最初の一人目で偶然の一致を疑ったが、二人目、三人目もヒットした。

開発者は全員が天網計画社の役員もしくは社員だった。血の気が引いた。どういうことなんだ？　と思いながら、ドキュメントを読む。最初の公開日が五年前であることに気がついた。つまり天網計画社設立より前だ。時系列で考えると、彼らが天網計画社を作ったのではなく、天網計画社が彼らを引き抜いたということか。

なんのためかは考えるまでもない。公開法廷に関わる世論操作を行うために違いない。SNS世論操作を仕掛けているのが天網計画社だとすれば、現在の世論操作の規模から考えて無茶な判決もごり押しできるだろう。司法乗っ取りだ。だが、なんのために？　この規模の世論操作ができるなら金儲けでもなんでもできるはずだ。金がほしいなら司法乗っ取りなんてやる必要はないし、政治に影響を与えたいなら直接世論を喚起すればいい。なぜ司法なんだ？

その時、石倉のスマホが鳴った。画面を見るとメッセージが表示されている。《声の盾》の連絡網からだ。

——木崎が逮捕された。

木崎が逮捕？　さっきＬＩＮＥで話したばかりなのに。いったいなにがあったのだろう。まさかテロ等準備罪？

——もうすぐ始まる公開法廷に立つそうで、詳しいことは教えてもらえない。

公開法廷だって⁉　石倉は叫びそうになった。あのリアリティショー、公開リンチの場に引きずり出されるとはどういうことだ。そもそもなんの容疑なのだ？

——弁護人は？

——弁護人は公開法廷に登録されているヤツしか頼めないし、公判が始まるまでは秘密なんだそうだ。面会もできないらしい。

じゃあ、なにもできないじゃないか。石倉は唇を嚙む。

木崎の逮捕で《声の盾》は揺れた。ネット上で抗議活動を開始することはすぐに決まったものの、リアルでデモなどの抗議活動は賛否両論あって無理だった。公判が開かれればネット上の世論は公開法廷に左右される。日本のＳＮＳを裏で支配しているのが天網計画社とすれば彼らは世論をコントロールできる。

《声の盾》では公開法廷の弁護人とは別の弁護人を立てて、木崎との面会や逮捕にいたった経緯、嫌疑の開示を警察に要求していたが、いずれも断られた。警察は関係者に逮捕の理由を説明する義務はないらしい。石倉は初めて知って驚いた。おおまかな説明はするが、逮捕の決め手になった証拠などは教えてくれない。

ましてや今回は弁護人とはいえ、木崎自身から選ばれた弁護人ではなく、《声の盾》が頼んだ弁護人だ。なにも開示できないと突っぱねられた。数人の《声の盾》のメンバーが警察や天網計画社に抗議に出かけたが、いずれも門前払いされた。

木崎に近しい者は座り込みでもなんでもやるべきだ、と主張したが、猛烈な反対にあって断念せざるを得なかった。もしなにか行動を起こすなら石倉も参加するつもりでいた。

それにしてもなぜ木崎を逮捕したのか？　テロ等準備罪以外にも心当たりはあったが、どちらにしてもこじつけだ。そもそも最近の公開法廷は無理のある判決が多すぎる気がする。まるで、どこまで世論をコントロールできるのかテストしているようだ。

まさかとは思うが、《声の盾》をつぶそうとしているのかもしれない。万が一、木崎が有罪になったら《声の盾》の評判は地に落ち、世間の見る目は冷たくなり、多数が脱退するだろう。

やがて公開法廷の日程と扱う事件が発表されると、《声の盾》に衝撃が走った。よりによって自分たちのデモでサブリーダーが死亡した事件の容疑者として木崎が逮捕されるとは信じられない。一部の過激なメンバーは死亡した植田も当局が殺したのではないかと言いだし、《声の盾》

ひいては市民活動全般を崩壊させようともくろんでいるのだと主張した。

石倉はどちらにも同意できなかったが、公表されていること以上のなにかがあるだろうとは思った。公判初日、早々に会社を辞して自宅で公開法廷を視聴した。

＊

夜になって自宅に帰った麻紀子はパソコンを立ち上げ、公開法廷にアクセスした。自分が今調べていることと重なるから今回もちゃんと確認しようと思うが、いまひとつ気が重い。内容が重いというのもあるが、なんとなく怖い。もっと一般的なテーマのつもりだったと考え、それは欺瞞だと反省した。社会に関するテーマを扱っている以上、自分も常に当事者のひとりなのだ。

事前に事件について検索して記事を読み、いろいろ考えさせられた。自分がこうして大学の中で論文の準備をしている間に、憲法改正反対を唱えて政治活動を行っている学生もいる。社会に関わる研究をしている自分もなにかすべきなのではないかという思いに駆られることは少なくない。そのたびに、これといった主張がないことに思い至る。今よりちょっとだけ自由で選択肢の多い社会であれば、それで充分だ。

憲法改正に反対しているのは、今の社会自由が脅かされると考えているわけだから、麻紀子はそこに参加する理由がある。でも、そこまでの強い思いが持てない。

そこまで考えた時、公開法廷が始まった。

――包括冒頭陳述。

憲法改正反対デモの最中に、ひとりの若者の死体が発見された。当初、デモの鎮圧に当たっていた機動隊員の関与が疑われた。目撃情報、物的証拠も存在したが、食い違うものが多く、混乱していた。内輪もめではないかという説も飛び出した。

本公判では、二〇一七年九月十八日の未明に、東明社会大学社会学部二年生の植田研一さんが新宿中央公園近くの甲州街道路上で死亡した事件を扱う。

九月十七日の深夜に、ネットの生放送やツイッター上で憲法改正に関する議論が盛り上がり、ハッシュタグ「決起集会」がトレンド入りした。これは憲法改正反対のデモをゲリラ的に行うための意見交換のタグである。

当初は日時を決めて実施は後日ということだったが、すぐにでも行動を起こすべきとする人々が急増し、十七日の二十三時頃に、新宿の中央公園付近に人が集まり始め、人数が百人を超えた零時半頃、シュプレヒコールをあげながら国会議事堂を目指して車道で行進を始めようとした。

少し前から遠巻きに様子を監視していた警察官がデモ隊の制止を試みたが、その時点で警察官は二名しかおらず、もみ合いとなった結果、多数のデモ参加者に暴行を受け、負傷して逃げ出した。

警察官二名とのやりとりは、そのままネット上に中継され、それを見た者がデモに参加するという形でさらに参加者は増えた。午前一時を過ぎた頃には千人を超えていたとされ、生放送していたデモ参加者で配信者は三十六人いた。

デモ隊は甲州街道をゆっくり進み、鎮圧のために出動した第四機動隊四百人と対峙した。デモ隊は機動隊を見てもひるむことなく、石やペットボトルを投げつけ始める。そのまま行進を続けたデモ隊は機動隊員と正面からぶつかり、混沌とした騒ぎとなった。

さきほどの三十六人の配信者にくわえ、近隣から騒ぎを知ってかけつけた配信者らが放送を開始し、多数の映像がリアルタイムでネットに流れた。リアルタイム配信者が史上最多の事件だったと言われる。

警察は生放送サービスを行っているネキャスなどの会社に対し、放送サービスを自粛するよう協力を要請したが、深夜ということもあり、企業側は対応できなかった。

デモ参加者の暴力は機動隊だけでなく、近隣の商店や街灯、看板にも向けられ、無差別な破壊行為も行われた。

機動隊による鎮圧は小一時間続いたが、その最中に植田研一さんが頭蓋骨骨折の重傷を負い、機動隊員が路上に倒れていた植田さんを見つけた時にはすでに死亡していた。

包括冒頭陳述の画面には主要ポイントが箇条書きで表示され、詳細な資料へのリンクも現れる。麻紀子はすぐに資料をダウンロードした。

続いて被告、検事、弁護人が発表された。

十一月第一回　公開法廷
被告　小山内拓真《おさないたくま》、検事　鈴木《すずき》おさむ、弁護人　川野俊介《かわのしゅんすけ》
被告　佐内伸治《さないしんじ》（ウィリアム・フィッシャー）、検事　星野博房《ほしのひろふさ》、弁護人　永野《ながの》ひとみ
被告　木崎哲也《てつや》、検事　山岡秋声、弁護人　城野公平

麻紀子は、息が止まりそうになった。南方の言う通りになった。いや、まだわからないが、被告の名前にカッコつきで外国人の名前がある。今日のソシオフォックス社の発表を知った後なら、誰でも外国の諜報員の可能性を考えるだろう。

公開法廷は警察あるいは政府の意向をうけて、世論操作に一役買っているのだろうか？　それは許されないと考え、すぐに否定する。そんなことはない。

二〇一六年五月にフェイスブック社が人気が上昇している記事を紹介する機能、トレンドトピックで意図的に保守系の記事を排除しているのではないかとアメリカ上院で指摘された。これに対してフェイスブック社は、そのような事実は確認できず、組織的な関与はなかったと答え

た。しかし、ガイドラインやポリシーの運用で各個人の解釈に偏りがあった可能性までは否定できないとも付け加えた。

問題は本当に政治的偏向があったかどうかよりも、明らかな偏向があるわけでもないのに、議会で問題にされるということだ。ＳＮＳの影響力はそこまで拡大している。あまりにもリアルを侵食している。公開法廷も同じように影響力を増している。

初日の今日は、検事鈴木おさむと弁護人川野俊介の対決だ。画面に、「被告　小山内拓真、検事　鈴木おさむ、弁護人　川野俊介」と大きく表示され、プロフィールとアイコンが続いて現れる。

丸っこい顔のアイコンはいかにも人がよく、誠実そうに見える。麻紀子は知らなかったが、鈴木おさむはすでに何度も法廷で勝利している検事だった。そして、被告の小山内拓真は、機動隊員として鎮圧に参加した警察官。麻紀子は複雑な心境になる。小山内も出廷するそうだが、リアルタイムではあるまい。どうせ録画か録音だ。そこまで警視庁がオープンな組織とは思えない。

吉永や南方が言うように、公開法廷が警察寄りであるなら、警察官に対して不利な話にはならないのかもしれない。ということは、この検事の勝ちはない。そこでふと、すっかりゲームとして考えている自分に驚いた。公開法廷はゲームではないのだ。警察であっても真犯人だと思ったら投票しなければならない。結果を当てるのが目的ではないのだ。少なくとも自分はそう考えている。

麻紀子は警察関係者を被告のひとりにしたのは形だけだろうと思ったが、鈴木おさむの主張は過激だった。アイコンのイメージとは真逆だ。


――鈴木おさむによる冒頭陳述。


「これは計画的殺人です」

冒頭で鈴木は声高らかにジャッジした。無数にある証拠映像の中から都合のよいものだけを取り出して、小山内を告発するつもりだろう。やはり声優を使っている柔らかい声質と断固たる口調が説得力を醸し出す。

「被告は警察官という立場を利用し、被害者である植田研一さんを計画的に殺害した疑いがあります。被告はSNSの影響力について熟知しており、複数のなりすましアカウントで植田さんの所属する市民活動団体《声の盾》に参加し、植田さんとネット上で意見をかわすようになりました。事件当日もデモが起きるように煽り、デモが起きると参加するように呼びかけたのです」

現役の警察官が他人になりすまして犯行におよんだ可能性は考えなかった。しかも任務遂行中の事故ではなく、計画的殺人とはかなり攻撃的な告発だ。

「もちろん植田さんにも参加するようにけしかけ、実際植田さんは参加しました。この時、小山内被告が利用したツイッターアカウントは特定できています。なお、被告は事故直後アカウントを消しています。また鍵付きだったため、ログなども公開されていません。しかし、彼のアカウントへの返信などから推察するとその可能性は高いと言えます」

説明と同時に画面になりすましアカウントに対しての植田さんの返信が表示される。麻紀子は偏執的とも言える鈴木の調査に驚いた。ツイッターの鍵付きアカウントは、許可された相手にしか投稿内容を見えなくする機能だから、直接その内容を見ることはできない。しかし、第三者が返信した内容は見ることができる。たとえば、「その日は無理」という第三者の返信があれば、日程調整の投稿をしたのだと察しがつくし、「オレは山崎さんに賛成だ」だったらなにかの議論をしているとわかる。複数人の返信を総合すると、日程がおおよそいつ頃なのか、あるいは何について議論しているのか推定できる。

説明されると、なるほどと思うが、気の遠くなるような根気のいる作業だ。


——お前、なんで集会に来てないんだよ。早く来い。

——これからデモになるぞ。早く来いってば。

——わかった。じゃあ、わかりやすいように頭に赤いバンダナ巻いとく。


ずらっと十数行にわたる返信。小山内のものとされるアカウントがなんと言っているかはわからないが、とにかく植田を煽って来るように仕向けているのは確かだ。

「小山内被告は、当日待ち合わせ場所には現れませんでした。資料によれば、警視庁は第四機動隊を事前に待機させており、当初二名の警官が説得に当たったのは多数の機動隊員の姿を見て刺激を与えないようにという配慮だったそうです。いずれにしても、小山内はデモに参加できるはずはありませんし、するつもりもなかった。しかし、いかにも行くようなそぶりをして現地で見つけやすい目印を植田さんに身につけさせたのです」

なるほどと思ったが、一方でなりすましアカウントを利用していない普通のやりとりという可能性もある。ツイッターは匿名のSNSだから、そのアカウントの持ち主が誰かはわからない。本名や芸名やペンネームを使っていればわかるが、意図して隠そうとしている場合は、誰にもわからないし、ほとんどの人は隠そうとするものだ。これだけでは決め手にならない。

「ここまでの説明で矛盾や論理的な飛躍はありませんよね。陪審員のみなさんは、頭の中で当日起こったことを考えてみてください。現役の警察官がゲリラデモを起こるように仕向け、現場の混乱を利用して殺人を行う。おぞましく、職業倫理に反する行為です。だからこそ、見逃すわけにはいかないのです。でも、疑問をお持ちの方もいらっしゃるでしょう。そうです。動機です。なんだと思いますか？」

可能性はあるが、その根拠になる証拠がない。だが、すでに鈴木を支援するクランはSNSで、全くその通りだと賛成の声をあげ、目撃者や証拠はないか探し始めている。小山内のなりすましアカウントと相互フォローの関係だった者の証言のフェイクニュースが出てきそうで怖い。

「では、小山内被告が、なりすましアカウントを作り、憲法改正反対活動を煽っていた理由を明らかにしたいと思います」

鈴木は、そこで少し間を置いた。注目を集めておきたいのだろう。ややあって画面にひとりの女性の写真が表示される。

「本件は、ある女性を巡る痴情の果てに起きた悲しい事件です。被告小山内は、被害者植田研一氏の恋人であった、滝沢栞《たきざわしおり》という女性に対して恋慕の情を抱いていました。小山内に近しい友人によれば、何度も諦めようと考えたようですが、諦めることができなかった。その結果、今回の凶行に至ったのです」

ひどく陳腐な動機だ。安っぽいテレビドラマみたいな筋書きだが、ＳＮＳは盛り上がった。先日の南方が言っていたことが脳裏をよぎる。キイワードのパターンにはまったストーリーを語った者が勝つ。証拠や論理の整合性は度外視される。

「ここに小山内が友人と交わしたＬＩＮＥのトークのログがあります。ご覧ください」

画面に表示されたのは小山内が友人に、滝沢栞への思いを断ち切るにはどうしたらいいか相談しているトークだった。プライバシーの侵害も甚だしい。しかし、言葉の端々から切々と小山内の思いが伝わってくる。

ＳＮＳでは鈴木おさむのクランの中に小山内に近しい人間がおり、その人物がログを提供したのだという話が流れてきた。友情もなにもあったものではない。

「私が調べた範囲では小山内は被害者と同じ大学のサークルに所属しており、卒業してからもサークルの同窓会で時折、顔を合わせていました。小山内はおおよそ一年前から恋心をいだくようになり、告白したのが、事件の約一か月前。そこですでに植田氏と付き合っていることを理由に断られ、殺害を計画したと考えられます。それでは当日の小山内の行動を再現してみましょう」

てっきり箇条書きで当日の行動が説明されると思ったら、3Dムービーによる再現映像だったので、麻紀子は驚いた。ここまで手の込んだ冒頭陳述を見たのは初めてだ。

前半部分で植田が二年先輩の滝沢栞と活動の中で知り合い、徐々に仲良くなってつきあうようになるまでをコンパクトにまとめてある。ちょっとした青春ドラマだ。中ほどで小山内が登場する。植田と滝沢はつきあっていることを隠していたため、小山内は同窓会で会った滝沢を食事に誘い、軽く酒を呑んで話をした。滝沢の飾らない性格に好感をいだいた小山内はたびたび誘うようになる。最初は無理のない範囲で応じていた滝沢も、だんだん相手がその気になっていることに気づいて断るようになる。この時点で、すでに小山内の滝沢への思いはのっぴきならないところまでふくれあがっていた。

もともと思い込みの激しい性格だった小山内は、滝沢が自分の誘いを断るのは誰かの差し金に違いないと信じるようになり、それが植田だろうと結論した。そして、あのデモのどさくさに紛れて植田を殺した。

後半は一転してサイコホラーのような演出になっていた。これを見たら、小山内は救いのない変質者だとすり込まれてしまいそうだ。

「あの事件以来、小山内は失踪しており、今回の法廷に出廷することはできません」

文字通りの欠席裁判か、これは一方的に責められそうだ。さきほどの映像といい、おそろしく周到な準備で、安っぽく陳腐な真相を提示してきた。過剰品質とでも言うべき圧倒的手数の多さが信憑性を生むのだろうか？　そんなものは真実とは全く関係ないのに。

——続いて弁護人、川野俊介の陳述。

前回、川野は山岡秋声に負けている。弁護人は検事よりも勝ち星をあげやすい。一回の法廷でひとりの検事とふたりの弁護人、もしくは三人の弁護人が勝つことになる。自分の弁護する被告の有罪に疑問を抱かせるか、他の被告の有罪を確信させればいい。弁護人は仕組み上勝ちやすくなっているのに敗れた川野は悔しかっただろう。

「まず、申し上げたいのは、検察側が提出しているのは、あくまでも状況証拠に過ぎないという点です」

川野は鈴木の主張に直接犯行につながるような証拠はなく、あくまでも状況証拠の積み上げにすぎないことを強調した。

――検察側の論告。


川野の反論が終わると、次は鈴木おさむの論告が始まった。

「証人として滝沢栞さんをお招きしたいと思います」

鈴木おさむの言葉に、麻紀子ははっとした。まさか、渦中の当事者が出てくるとは思わなかった。栞は鈴木のシナリオに沿うような証言をするのだろうか?

本人が現れたら鈴木の説明は一気に信憑性を帯びてくる。書面を声優が読むのでは迫力に欠ける。本人が自分の口から小山内に言い寄られていたことを語ったら鈴木が勝つかもしれない。

画面には映像は出ない。アイコンが表示されているだけだ。

「滝沢栞さんですね」

「はい」

麻紀子はどきどきしてきた。安っぽくのせられている自分を叱咤したいが、どうしたってこれは興奮せざるを得ない。

「被害者の植田さんと同じ大学に通って、《声の盾》の活動を通して知り合いましたね?」

「はい。わたしが三年生の時に一年生の彼が新人として活動に参加してきて、そこで知り合いました」

「そして、おつきあいを始めた」

「はい。何度か一緒に活動するうちに、同じ大学ということもあってよく話すようになって、彼からつきあいたいと告白され、つきあいだしました」

「それはあなたが大学を卒業してからも続いていた」

「結婚するつもりでした。あんなことがなければ……」

そこで滝沢栞は声を詰まらせ嗚咽《おえつ》した。おおげさに泣いているわけではない。かすかなすすり泣きなのだが、それが麻紀子の胸に刺さった。

「つらいことをお尋ねして失礼しました。ええと、小山内という警察官はご存じですね」

「はい。同じ大学のサークルの先輩でした。小山内さんが在学中はほとんど話したこともなかったんですが、同窓会で話すようになりました。でも、警察官だというのは事件の後に知りました。すごく体格のいい人でしたけど、まさか警察の方とは思いませんでした」

「彼と何度か食事をなさいましたね」

「はい。誘われたので。先輩ということもあって、断りにくかったんです。断って気まずくなって、サークルの同窓会に行けなくなるのも嫌でした」

「そして、彼からつきあってほしいと言われて断った」

「はい。でも、つきあっている人がいるのでお断りしました。そうしたら、すごく怒ったようでした」

「怒った？　どんな風に？」

「なんで？　とか、意味分からないんだけど？　とか、ぶつぶつ言い出して、あの身体ですから、暴力をふるわれたらどうしようと怖くなりました。それから、相手は誰なんだ？　騙されているに違いないと言い出したんです。私はとにかく怖くて、ずっと謝っていました。でも、植田さんの名前は言いませんでした。なにをするかわからない状態だったので」

「それから小山内はどうしましたか？」

「全部は覚えていないのですが、いろいろひどいことを言って帰って行きました。それまでの態度とあまりに違っていて、ショックでしばらく動けませんでした」

「それは大変でしたね。言いにくいとは思いますが、具体的にどんなことを言われたかを教えていただけますか」

「ひどいといってもそれだけ聞くと、そうでもないんです。後で思い出して、そう感じました。それまでの優しい態度から急に変わったので、特にそう思ったんだと思います。私が《声の盾》の活動をしているのは非常識だとか、つきあっている相手はどうせその仲間だろうとか、自分とつきあってちゃんと社会に適合するようになった方がいいとか、そんな感じです」

「あなたが、《声の盾》の活動をしていたことを彼は知っていたんですね」

「私は話していないんです。隠していたわけではなく、訊かれもしないのに言うと気分を害することもあるので訊かれない限りは話さないようにしているんです。小山内さんは私のことを調べていたんだと思います」

「そうですね。その後はどうなりました？」

「いえ、それで終わりです。二回くらいメールが来ましたけど、考え直して、自分とつきあった方がいいという内容だったので返事はしませんでした」

「なるほど、ありがとうございました。私からの質問は以上です」


――弁護人川野俊介。


名前が呼ばれると、画面に電子メールが表示された。名前や場所などは伏せてあるが、おそらく小山内から滝沢栞に当てられたものであろうことは察しがつく。想像していたものよりも、ずっと穏やかだった。まず、告白して振られた時の暴言を詫び、それから合わせる顔がないが、もしも困ったことがあったら、いつでも自分を頼ってほしいと書いてあった。さきほどの証言の内容とは違う。

「これは被告小山内氏があなたに送った電子メールですね」

「はい。はっきり覚えていませんが、そうだと思います」

「覚えてない？　メールを保管していないのですか？」

「怖かったので削除してしまいました」

「なるほど。でも、このメールには見覚えがあるというわけですね」

「こんな感じだったと思います」

「でも、ここにはあなたとつきあいたいとは書いてありません。さきほどの証言とは違いますね」

「そ、そうですね。ええと、おかしいですね。記憶違いだったかもしれません」

「要するにあまりちゃんと覚えていないということでよいですか？」

「……すみません」

「あなたを責めているわけではないんです。小山内氏は身体が大きく迫力がありますからね。怖くなっていろいろ過剰に受け取ってしまうのも無理はありません。もしかしたら、告白されて断った時の暴言もそんなにひどいものではなかったかもしれませんね」

「……私はすごくショックを受けましたし、しばらく動けなかったんですよ」

うまいな、と麻紀子は感心した。この本物の証人を連れてきた時点で鈴木はかなり有利になったと思ったが、そういうわけでもなかった。川野の一連の質問で、証人の信憑性はかなりゆらいだ。

「実は、この電子メールはニセモノです。私は小山内氏の同僚に頼んで彼のパソコンに残っていた送信記録を確認し、あなた宛ての電子メールを見つけました。そこに書いてあった内容は、あなたに対する優しさに満ちていました。そこにはかなりあなたと小山内氏の個人情報に関わるものが記載されていたので、そのまま出すわけにはいかない。かといって伏せ字にすると、多すぎて意味がわからなくなる。そこで、方針を変え、あなたの記憶の確かさを確認することにしたのです」

ＳＮＳがどよめいた。いや、音は聞こえないからあくまで麻紀子の印象なのだが、すごい勢いで感嘆符や顔文字が流れる。

「異議あり、誘導尋問です」

これはまさに誘導尋問だ。それも悪質なヤツだ。フェイクの証拠を提出して罠を仕掛ける。絶対にやってはいけないことのひとつだ。

「すみません。撤回します」

川野はあっさり引っ込んだが、さきほどの印象は陪審員の心に残っただろう。悪辣なやり口だが、効果は大きかった。違法に入手した証拠を『毒樹の果実』といい、その証拠能力は否定される。しかし、これは最初からウソの証拠を提出し、証人の反応を引き出すという、ものすごい『毒樹の果実』だ。

「最後に、もっとも重要なことを申し上げます。陪審員のみなさんは因果の罠にかからないでいただきたい。いいですか？　みなさんはもしかすると、検察の説明通りの証言があったから本当のことだと思っているかもしれません。それは逆です。検察は証言を元に説明を作ったのです。

関係者を軒並み調査し、犯行につながるような人間関係がないか確認したのでしょう。恋愛沙汰は、こういう時にとても便利です。金がらみなら損得で計算できますが、恋愛は感情だから、どんなに不利益があっても実行する者はいる。検察はもつれた恋愛関係を見つけ、そこからあの説明を用意したのです。説明にぴったりあてはまる証言が出るのは当然です。そこから全ては始まっているのですから。あの証言によって、状況証拠がいくらかでも強化されたと考えるのは誤りです。検察はいまだに確たる証拠を提出していないのです」

麻紀子は一瞬、なんのことかわからなかったが、すぐに理解してうなった。川野はあえてこの爆弾を冒頭陳述で使わず、最後にとっておいたのだろう。検察側は推理に基づいて証拠を集めたのではなく、証拠に基づいて推理を組み立てた。その証拠が確たる事実なら問題ないが、状況証拠つまり解釈の幅が広すぎる。唯一確かに見えたのが滝沢栞の証言だったが、その信憑性は崩された上に、その証言に合うように状況証拠を積み上げたのだと論破された。

検察側は言い返したいところだろうが、法廷での戦いはこれで終わりだ。ＳＮＳでどこまで反撃できるだろう。最終的にはより多くの陪審員を味方につければいいのだから、ＳＮＳで巻き返しもできるはずだが、川野が勝ちそうな気がした。

だが、麻紀子が一番注目していたのは翌日の夜だった。「佐内伸治（ウィリアム・フィッシャー）」という表記が気になる。本当に南方の言う通りなのだろうか？

——星野博房の冒頭陳述。

翌二日目の公開法廷は、左内伸治の担当検事から始まった。

麻紀子はディスプレイの前で拍手した。いつも冷静に攻める星野は彼女のお気に入りだ。今日は画面に見たことのないチャートが現れる。三つの円が正三角形の頂点の位置に描かれており、それぞれの円の中に、「政府」、「民間企業」、「市民」と書いてある。なんだろう？　と思っていると星野が説明を始めた。

「アメリカ大統領選挙ではロシア政府がトランプ候補を勝たせるために、民主党をハッキングし電子メールを暴露しました。この事件を例にあげるまでもなく、世界中の政治活動は海外からの見えない干渉を受けています。全ての国がこの干渉から逃れることはできません。直接その国の政府を弱体化する罠を仕掛けることもあれば、市民活動を支援することもあります。市民活動の支援は最近よく行われるようになった攻撃です。なぜそんなことをするようになったのでしょう？　アンバランシング攻撃、あるいはトライバランス理論という言葉を聞いたことがありますか？　国家というのは、政府、民間、市民の三つのセクターのバランスの上になりたっているというのがトライバランス理論。ここで民間というのは主として企業のことを指し、市民は一般市民および犯罪者やＮＰＯなどを指します。アンバランシング攻撃とは、この三者のバランスを崩すことによって、相手国を弱体化し、自国の影響下におくことです。一般的に政府のパワーが弱まると国力は落ち、防御が弱くなります。逆に市民の力が弱まると政府と民間企業の力が強くなります」

星野の言葉とともに、表示されている円の大きさが変わる。最初は政府の円が大きくなり、同時に民間企業と市民の円が小さくなった。次に市民の円が大きくなり、政府の円が小さくなった。

政府の円が大きくなった時には、「意思決定が早い。全体主義的傾向を持ちやすい」などの説明がポップアップしてきた。おかげで短い時間でトライバランス理論の概略を把握できた。

「トライバランス理論通りならば、相手国の市民セクターのパワーを増大させれば、政府のパワーは弱体化します。ロシアや中国がアメリカの政治や市民活動に干渉するのは、アメリカの市民の発言力を強化し、政府が必要な時、必要な意思決定と施策を実行できないようにするためです。

これまでも敵国内の反政府勢力を密かに支援することで混乱を起こすのは諜報活動の一環として行われていました。インターネット時代、特にSNS全盛時代になってから、この活動はより簡単により効果的になりました。昔は命の危険を冒して敵国に潜入しなければならなかったのが、SNSで反政府勢力を煽ったり、反政府勢力に匿名の電子通貨やサイバー兵器を供与したり、あるいは政府の内部文書を暴露したりすることで過去と同じかそれ以上の効果を安全に実現できます」

麻紀子は自分のテーマに近いことだからわかるが、果たしてどれほどの人が星野の言っていることを理解できるのだろう。いや、そもそもこのテーマでは理解しようとする気にすらならない可能性もある。ずいぶん難しい話にしてしまった。なぜ、星野はここまで話を広げてしまったのだろう。

「今回の事件は、ロシアが我が国の政府を弱体化させるために行っている一連の作戦の一部だと考えられます。日本の市民セクターを煽って、日本政府の行動の自由度を制限しようともくろんでいるのです。同じようなことがアメリカでも起こりました。黒人人権運動《Black Lives Matter》では、ロシア政府関係者がアメリカ在住の黒人になりすましたアカウントが複数見つかったと、サイバーセキュリティ企業ソシオフォックス社は警告しています。今回もそのような煽り行為があったのではないでしょうか？　残念ながらソシオフォックス社のアプリを用いて解析することはできませんでしたが、オープンソースの解析ツールを使い、活発に発言していたアカウント千二百件を抽出し、その中でも所属がはっきりしないもの三百二十件を重点的に調べました。たとえば特定の団体に所属している活動家やジャーナリストは所属をSNSのプロフィールに書いています。それのない、〝名無し〟状態で、大学生、あるいは社会人くらいまでのアカウントです」

画面にグラフが表示された。活発なアカウント、所属不明のアカウントの内訳が円グラフで示され、さらに所属不明のアカウントについては発現頻度や内容について詳細なグラフがついている。

「他の活動家に比べても発言数は多く、過激な内容が目立っているものに絞り込むと八十六件。これらの発言内容から地域や年齢などを推測したところ、おおよそ特定できたアカウントは五十二件。残りの特定できなかったアカウント三十四件が怪しいと考えられます」

麻紀子は思わず、なるほどと感心してしまった。ソシオフォックス社のアプリについては調べていたのでSNS分析ツールがどのように分析を行うのかは知っていた。しかし、実際に目の前でやられると、新鮮な驚きがある。同時に恐ろしさを感じる。なにげなく投稿しているSNSの投稿が自分の知らないところで勝手に解析され、場合によっては危険人物、容疑者としてリストアップされてしまうのだ。

「ご覧いただくとわかるように、この三十四件のうち十一件のアカウントは内容の傾向が似ており、リアルとの接点の情報が少ない。非常に怪しい。それに誰もこの発言者の姿を実際に見たことがないんです。一般のSNSアカウントなら姿を見られることは珍しいですが、リアルなデモや集会と紐付いている発言ばかりしているアカウントにしては不自然です。しかも彼らは参加したと言い張っている」

活動時間帯を比較するグラフが表示される。なるほど、こうしてみると確かに活動時間が同じアカウントとそうでないアカウントの違いがはっきりする。

見えない侵入者になりすまされて、煽られて、操られてしまうなんて現実におきていることとは思いたくないが、説得力のある説明だ。

「被害者が数日前、知人に、〝とんでもないことになっている。調べ終わったら教える〟と語っていたそうです。おそらくロシアの諜報機関が彼らの組織に潜入し、支援し、煽っていることに気づき、その証拠も手に入りそうだということだったのでしょう」

なるほど、つじつまが合っているように思える。

「こちらが被告の佐内伸治です」

星野は自信たっぷりで佐内伸治の写真を公開した。それを見た麻紀子は、星野の意図が分からなくなった。本名ウィリアム・フィッシャーというロシアのスパイで、イギリス生まれのモスクワ育ちと表示されているが、どこからどう見ても日本人だ。表向きの経歴は日本で生まれ、日本の学校を卒業したことになっている。詐称していると星野は主張するのだが、見かけは日本人。百歩譲ってもアジア人にしか見えない。たしかに外見と国籍は関係ないが、印象論として、これは無理がありすぎると麻紀子はうなった。


続く陳述で、弁護人の永野ひとみは、星野の提示している情報は状況証拠にすらならないと主張した。全て星野のフィクションで、わずかにＳＮＳのなりすましは根拠がありそうに思えるが、あれだけではロシアの諜報機関の関与と断定できないし、そもそもどこから見ても日本人の佐内をロシアの工作員とするのは無理がある。おそらく視聴者の多くが感じていることを代弁するかのように語った。

いくらなんでもここまで現実離れするとさすがに麻紀子も支持できない。星野らしくない。

続く証言で被告本人が登場した。

緊張しているせいか、声がうわずっている。最初から勢いよくしゃべり出した。

「いや、その。こんなの誰も信じないでしょ？　そもそもウィリアム・フィッシャーって誰ですか？　僕がハーフ？　どっから見ても日本人でしょう？　ムチャクチャ。とにかく関係ないとしかいいようがない。バカバカしいと思わないんですか？」

憤懣《ふんまん》やるかたなしといった感じだ。

「こんなので有罪になるわけないでしょう。DNAでもなんでも調べてください。すぐにハーフじゃないってわかるから。いったい誰？　オレを犯人だなんて言い出したヤツは？　生放送って怖い。めっちゃ落ち着かない。とっとと帰りたい」

出廷したものの、想像以上に緊張を強いられたのと荒唐無稽な話の展開についていけないようだ。不安になるのも無理はない。なにしろ相手は一億人だ。

ツイッターでは被告をバカにしたバッシングも始まっている。義務教育を受けてないんじゃないかとか、地下鉄で痴漢行為を見つかって土下座して謝っていたのを見たとか、言いたい放題だ。法廷内の発言は運営側がチェックするが、法廷の外のSNSの発言は事実上野放しだ。ツイッター社やLINE社だって、よほどひどい発言でない限り、いちいちアカウントの停止や警告を行うほどヒマではあるまい。

　被告の話が一段落すると、星野が質問を始めた。

「被告に質問します。あなたはどこで生まれましたか？」

　さきほどまでの興奮した被告の口調に比べ、星野は落ち着き払っている。それだけで信頼度がアップする。

「千葉だよ。千葉の船橋」

「いつまでそこにいましたか？」

「高校までいて、それから親が都内に引っ越したんで一緒に移った」

「その後は、ずっと都内でしたか？」

「いや、父親が転勤が増えたんで、あちこちに引っ越して、そのあと都内で一人暮らしを始めた」

「小学校時代からつきあいのある友達はいますか？」

「いない」

「中学校時代からの友達は？」

「いない」

「高校時代からの友達は？」

「いない」

「今、おいくつですか？」

「二十八歳」

「おかしくありませんか？　ひとりくらい学生時代からの友達がいるものでしょう？」

　麻紀子は思わず噴き出してしまった。本当にこういう人もいることはわかっているが、一連の質問の流れがどうしても笑いを誘う。

「……いないんだからしょうがないだろ。友達いないのが有罪の根拠になるのかよ」

「必ずしもそうではありませんが、あなたがご自身でおっしゃっているように千葉で生まれて育った人物であることを証明してくれる証人がいないということを意味します」

「そんなの戸籍でも住民票でも見ればわかるだろ」

「戸籍や住民票には写真も指紋もついていません。写真つきのマイナンバーカードも作っていない。あなたは、一昨年、ご両親を事故で亡くした。兄妹はおらず、親戚との付き合いもほとんどない。あなたが本人であることを証明するものはなにもないんです」

　星野の質問に、麻紀子はどきりとした。自分も似たようなものだ。まだ両親が健在だからよいが、それ以外に自分を自分と証明してくれる者はいない。もっと気になるのは自分は特別ではないということだ。この世の中の多くの人が、星野の言うように自分を自分として証明できないのではないだろうか？

「え？　なに言ってるんだ？　免許証だってある」

「それは三年前に取得されたものですよね。その時、すでに入れ替わっていた可能性もある」

「いやいや、待ってくれ。そんなこと言ったら、誰だって自分を証明できないだろ」

「あなたほど友達や親戚とつきあいのない人は珍しいんですよ。大学でもゼミにもクラブにも所属しませんでしたね」

「……わかった！　アルバムがある。卒業アルバムに写真が載ってる」

「残念ながらだいぶ顔が変わっているのと、集合写真のため、いささか不鮮明ではっきり同一人物と断定するのは難しいんです」

星野がそう言うと画面に卒業アルバムの写真が表示された。確かに不鮮明だ。

「つまりあなたが佐内伸治だと証明するのは非常に難しいということです。私からは以上です」

被告がそれ以上なにも言えなくなると、勝利宣言のように星野は自信満々の口調で告げた。

続いて弁護人の永野ひとみが質問を始めた。

「被告は一昨年、ご両親を亡くされた際、喪主を務めましたね？」

「あ、はい。ほとんど葬儀屋にまかせっきりでしたけど」

「その際、多数の弔問客の前で挨拶したり、個別に会話し、親戚の方々とも会いましたね」

「そうですね。そうか、その時、ちゃんとみんなオレが本人だってわかってくれてた」

「それを質問しようとしていました。誰からも不審に思われることはなかった。それをさらに確認するために被告が幼い頃から付き合いのあった叔母である、松田遙さんを証人としてお招きしています」

証人として現れた松田は当日の被告が昔から知っている佐内伸治本人に間違いなかったことを証言した。その後も永野は被告がなりすましではないことを繰り返し強調し、検証した。

さきほどの星野の質問でロシアのスパイという荒唐無稽な話が少しだけ現実味を帯びてきた。それでも支持する気持ちにはならないが、星野支持に回った陪審員も少なからずいたかもしれない。

なりすましというと、日本ではネット上のなりすましくらいしか実感がないが、海外では昔からさまざまな形のなりすまし事件があった。

一九九七年にスペインで保護された少年は、三年前にアメリカで行方不明になった十三歳の少年（発見時は十六歳）ニコラス・バークレイだと名乗り、会いに来た姉もそうだと認めた。姉はニコラスをアメリカの家に連れ帰り、家族全員が子供の帰還を喜んで迎えた。しかし、それはニコラス・バークレイになりすましたニセモノで、年齢は二十三歳とかなり年上、瞳の色も違っていた（本物は青、ニセモノは茶色）。この事件に関心を持ったメディアが調査したことで正体が暴露されたが、家族は完全に本物として受け入れていた。

この事件が衝撃的なのは、年齢も外見も異なる人物を自分の家族と信じて家族全員が受け入れたことだ。これに比べれば、ロシアのスパイが日本人っぽいのくらいたいしたことではないような気もする。

時代をさかのぼると、一九二八年にはもっとひどい事件があった。クリスティン・コリンズの九歳の息子が行方不明になり、五か月後別人が彼女の子供として保護されて連れて来られた。別人だと主張したクリスティン・コリンズは警察の手によって精神病院に強制入院させられてしまう。別人の子供は、家族とうまく行っていなかったため、どこかよそで暮らしたかったのだという。その後、真相が明らかになり、彼女は病院を出ることができた。

なりすましは、日本人が考えるよりもはるかに多く、露見しにくいものなのだ。星野があえてこのことに言及しなかったのは、ネット上の論戦に備え、徐々に手札を出してゆこうという作戦なのかもしれない。

前回の公判の時といい、今回といい、星野の発想や論の進め方は好感が持てる。そこまで考えて、麻紀子は、いかんと自分を戒めた。検事個人をどうこうではなく、あくまで個々の論旨を検討しなければいけない。この人がよさそうだからという理由で判断したら、そのへんのクランに所属している検事ファンたちと変わらない。

最後に星野は植田と同じ《声の盾》のメンバーを証人として招いた。当日の行動のおさらいを軽くした後、星野は、「集会の前日、あなたは植田さんと会いましたね」と訊ねた。

「はい。会いました。僕だけではなくて、主なメンバーが全員集まって、次の日の集会の最後の打ち合わせをしました」

「特に変わった様子はありませんでしたか？」

「変わった様子はなかったんですが、別れ際に僕にだけ小さな声で言ったんです。とんでもないことになっている、と。なんのことか尋ねると、はっきりしたら教えると言ってそれきりでした」

「とんでもないことですか？　植田さんはそれ以前に似たようなことを言っていませんでしたか？」

「ふだんはそんな思わせぶりなことを言うヤツじゃないんです。あの時が初めてです」

「なるほど、つまりよほど特別なことだったんですね。内容に心当たりはありますか？」

「思いあたるものはないですね。ここに来て、ロシアの話をうかがって、そういうこともあるのかと思いましたけど」

その後はこれといった進展のないまま、その日は閉廷した。


麻紀子はなかなか寝付かれなかった。なりすましや、自分であることの証明について、次から次へと考えが浮かんできてまとまらないまま、騒然とした混沌に巻き込まれる。自分であることが証明できないのは、公開法廷の検事や弁護人だって同じだ、というところまで浮かんだところで眠りに落ちた。

翌朝、麻紀子は寝不足で重い身体を引きずるようにして大学に出かけた。メモとも言えない思いつきをノートパソコンに打ち込む。もしかしたら論文のヒントになるかも知れない。とはいえ、本音はまだ眠くて何もする気にならないので、とりあえずできることをしているだけだ。

ノックの音がし、「失礼します」という挨拶とともに扉が開き、吉永が顔だけ出した。いつも思うのだが、学生にしてはきちんとしている。

「今日は先生いらっしゃいますか？」

麻紀子しかいないと見て取ると質問してきた。

「来るはずだから中で待ってれば？　午前中には来ると思う」

麻紀子が答えると、「ありがとうございます」と吉永が入ってきて、いつもの席に腰掛けた。

「今回も盛り上がってますね」

一瞬、なんのことかわからなかったが、すぐに公開法廷のことだと気がついた。

「うーん。でもいくらなんでもアレはないでしょ。どっからどうみても日本人だもん」

「でも、星野さんの話を聞いているとだんだんあるかもしれないって気になりませんか？」

それが怖い。トンデモとしか思えないことが現実に起こるかもしれないと思わされてしまうこと、そして現実に似たようなことが起きたことがあること、どれも怖い。常識や当たり前のことがどんどんひっくり返されてゆく。

「私は怖い。だってなにが本当なのかわからなくなっちゃうでしょ」

「公開法廷は、そこがおもしろいんじゃないですか！　ウソと真実、現実と虚構がからみあって区別がつかないからはまるんです」

そこに南方が入ってきた。

「おや？　吉永くんがいる、ということはなにか質問かね？」

自分の机に向かいながら、ふたりの顔を交互に見る。

「おはようございます。そうなんです。先生、ちょっとまたおうかがいしたいことがあるんですけど、よろしいですか？」

「ああ、うん。いいよ」

南方が鷹揚に応じると、吉永はノートパソコンを抱えて南方の席まで持っていった。画面を指さしながら、いくつか質問する。すぐに疑問は解けたようで、吉永はさきほどまで座っていた席に戻る。

「小生はいささか公開法廷に危惧を抱いておるんだが、山崎くんや吉永くんはどうかね？」

南方がぼそっと独り言のようにつぶやいた。

「社会的影響力を持ちすぎたってことですか？」

すぐに麻紀子が質問する。

「まあ、そういうことなんだが、前にも言ったように今回の公判は明らかに視聴者にある種の教育を行うことを意図しているように思えてしかたがない。なりすましやロシアの諜報活動のことなんか、ふつうの人は知らんだろうし、それでなにも生活に不都合はない。しかし公判で一面的な知識を得て知った気分になってしまう。あくまで気分というのがミソだ。わかった気になる、知ったつもりになる、いわばフェイクニュースと同じ効果を持っている。しかし実際にはウソだったり、論拠に乏しいものだったりするわけだ。それを正しいと教え込まれてしまう」

「そう言われればそうですけど、公判がきっかけで知識が増えるのは悪いことではないんじゃ。間違っているからいけないってことでしょうか?」

吉永は首をひねる。

「もしかして先生は洗脳されてると思ってるんですか?」

麻紀子はどきりとした。

「洗脳というとおおげさだが、意図的に偏った知識を与えているような気はする。さらに法廷の外ではウソがたくさんばらまかれている。これまでの公判でもその傾向はあったが、最近は特に強まっている。公開法廷を中心としてSNS世論操作を行っているように思える」

「自民党が二〇一三年の選挙でゲームアプリを配布したのは有名ですけど、政権が国民の支持率をあげるためにネットを利用するのは当たり前になりつつあります。っていうか、もうネットは世論操作の道具になってますよね。二〇一七年にはヤフーニュースで同一人物が複数のアカウントを使って投稿するのを規制しました。複数アカウントは少数の意見を多数に見せかけるために利用されていたと言われています。あからさまな世論操作です。でも、公開法廷を使って自民党や日本会議が世論操作しようとしているなんてことになったら大騒ぎになりますね」

トンデモ陰謀論になっていると思いながら麻紀子は答えた。

「大騒ぎ……果たしてなるかな？　あまり関心を持たないかもしれない。一部のインテリ層が騒いでも、その他の圧倒的かつ組織化された声にかき消されてしまう可能性が高い」

公開法廷を巡るやりとりでは議論に慣れた人々はクランという形で組織化されている。そういう連中が、懸念を示すインテリを叩き始めたら、どうなるか想像に難くない。

「でも、先生、今は公開法廷がうまくいっているからそういう心配も出てきますけど、なにか問題が起きれば見直しになるんじゃないでしょうか。公開法廷も各種準備罪の冤罪疑惑がきっかけでできたものですよね」

吉永がおずおずと話に入ってきた。

「うむ。吉永くんは、なかなか鋭いとこを突く。あんなものを長期間大きな問題なく運用するのは確かに難しい。小生の思い過ごしかもしれんな」

その話はそこで終わったが、麻紀子の頭には南方の話がずっと残った。アメリカの例を見るまでもなく、政府や法執行機関はSNSを重要な情報源、ツールとして活用している。現段階では、SNSを運用しているのは民間企業だから、そこから得られる情報には制限がある。でも、もし政府自体がSNSを運用していたら、表向きは制限をかけてもいくらでも誤魔化して運用できるだろう。

公開法廷だったら、公判の内容如何では参加者の政治に対する考え方など知りたいことをうまく引き出すことができる。しかもクランがあるから、組織だって洗脳まではいかないまでも偏向した情報を与えることも可能だ。

しかし……このテーマは取り上げるべきではないかもしれない。何度も考えたことだが、また悩み出した。戻れるうちに止めるべきだという思いと、なにが起きているのか本当のことを知りたいという思いが交錯する。

*

社長からの密命はたいした成果をあげられないまま、ヒュドラの存在を報告したところで打ち切りになった。《声の盾》のメンバーが逮捕されたことで、社長の石倉を見る目が変わったのだ。石倉は通常の企画営業に戻ったが、徐々に仕事を干されるようになってきた。本来なら石倉に相談が来るような案件でもなかなか回ってこない。

これまで社長が社内に石倉と《声の盾》のことを話してきたおかげで、ほぼ全ての社員があの事件と公判に注目している。やりにくくなった、と石倉は思ったが、自分でできることはほとんどない。仕事が減ったせいで時間の余裕はできたが、心の余裕はなくなった。

その日も定時に会社を出て、自宅であれこれと情報収集していた。

――大変なことがわかった。

《声の盾》の中で木崎の無実を信じる数人とチャットをしていると、突然そう言われた。

――木崎は植田からの伝言を預かってた。植田が言ってた〝どんでもないことになっている〟とは警視庁事前捜査特別班のことだったんだ。あいつは植田からそれを預かっていた。内容が内容なので公判でも触れなかったんだが。とにかく資料をアップしておくんで詳しくは見てくれ。パスワードは、98YtH_lI4だ。

石倉はすぐにダウンロードしようとしたが、すぐに他のメンバーが反応した。

――待てよ！　どうやって木崎からそのファイルをもらったんだ？

確かにそうだ。木崎はもう収監されている。留置所内にデータは持ち込んでいないだろうし、仮に持ち込んでいたとしてもそれを渡す方法はない。

――逮捕される前に、「自分になにかあったら、これを頼む」と言われてたんだ。逮捕された時にすぐに公開しようと思ったんだが、パスワードがわからなくて……あいつから口頭で言われてメモしたんだけど、間違ってたらしく何度もやり直してやっと中身を確認できた。

――なるほど無理はあるが、ない話じゃない。

――信用しないのか？

――こういう時だから念のため訊いただけだよ。すまん。

石倉はそのやりとりを横目でながめながらファイルをダウンロードした。数ページのＰＤＦ。警視庁事前捜査特別班の内部資料だ。

事前捜査特別班はテロ等準備罪をはじめとする予備罪のための専門組織で各都道府県にそれぞれ存在する。それを事実上束ねているのが、東京都つまり警視庁事前捜査特別班だ。活動方針として三つの課題と、課題解決の方法論が記されていた。

三つの課題とは……

◉健全なＳＮＳ環境の維持

◉メタ犯人の根絶、超可能犯罪の徹底減少

◉犯罪予備段階での通報の拡大

一見するともっともらしいが、これらの三つはネットにおける自由の制限と密接に関わっている。方法論として例示されていた二つを見ればすぐにわかる。

◉ネット上の活動の監視、分析、ターゲッティング

◉国民自身による相互監視の徹底

これらの課題の克服には監視は不可欠だ。ある程度の監視はやむをえないが、ここに書かれている具体的な手法は明らかに行きすぎだと石倉は思った。デジタル隣組による密告の推奨、SNS監視ツールによる常時監視態勢の構築、ネット上の行きすぎた発言や多数のフォロワーを集会やイベントに誘う発言の規制と発言者への予備罪の適用。

合法な範囲での反政府的な言論については、新しい法律を制定した上で取り締まることになっていた。その法律は当該人物のネット利用を一定期間禁止するものだ。それだけ？　という気もするが、ネット利用を禁止されたら、生活できなくなる。メールもＬＩＮＥも使えないし、オンラインバンキングもネットショッピングもダメだ。もはやネットなしで暮らすのは難しい。

確かに木崎が〝とんでもないことになっている〟と言うだけのことはある。

——これが本物だという証拠は？

他のメンバーから質問が飛んだ。

――オレは木崎に頼まれただけだから中身のくわしいことはわからないんだ。

――野党の政治家に渡して、検証してもらおうか？　代議士の知り合いならいる。

――それはありだな。今の《声の盾》では調査する余力はない。これを世に出せれば立て直しのきっかけになるかもしれない。

――でも、ガセだったらもう誰もオレたちのことを信用してくれないぞ。

――だから野党の連中に確認してもらうんだろ。

――次に木崎に面会に行った時に確かに本人のものか確認して、それから野党の代議士に持ち込もう。

悠長だなと思ったが、このタイミングで木崎の資料が出てくるのは罠のような気もする。組織が弱体化している今、危険は避けたい。自分は自分で天網計画社の調査を進めるしかない。

＊

その夜、麻紀子が公開法廷にログインすると、「デジタル隣組のご案内」というウィンドウが開いた。初めて見るものに驚く。

――デジタル隣組制度が始まりました。お手数をおかけしますが、より公平な運営を実現するためにご協力いただければ幸いです。やることは簡単です。隣組は五人から八人で一チームになっており、行動パターンの似ている人が同じチームに振り分けられています。日頃の行動で、不審な点を見つけたら画面の隅にある「隣組レポート」をクリックして不審と思ったメンバーのＩＤと理由を送信してください。理由は選択式になっており、自分で文章を書く必要はありません。また、誰がレポートを送ったかは公開されません。なお、悪質なものや法律に反する可能性のある言動が確認されたものについては関係機関に通報することもあります。

なるほど、そういうものなのかと麻紀子は読み進めた。関心のない者はコンパクトな説明だけでウィンドウを閉じてアプリを起動できる。麻紀子は気になったので、詳細ページへ進んだ。そこでは、不審な行動の例や、レポートの書き方のくわしい説明があった。

不審な行動といっても難しいものではなく、「プログラムで動いているように感じた」、「公開法廷と関係のない宗教や政治の話をコミュニティでしていた」といった基本的なものが中心だ。説明によると、公開法廷ではまだ発生していないが、他のネットサービスではすでにＳＮＳアカウントをプログラムでコントロールして自分に有利になるような発言をさせる事例や、宗教やビジネスの勧誘が行われたりしたという。

いよいよ相互監視制度の始まりだな、と麻紀子は緊張した。もし誰かが自分のことを告発したらどうなるのだろう？　運営側が自分の行動を観察して、スパムと判断されたらアカウント停止処分、ひどければ関係機関に通報するという手順は書いてあるが、どのような観察が行われるかまでは書いていない。しかも告発が行われたのは告発した本人しか知らないから、運営側が問題なしと判断したら告発された方はなにも知らないままだ。

告発にはインセンティブがつく。告発した後で運営側がスパムアカウントと認めればポイントがたまる。麻紀子は検事や弁護人になるつもりはないから関係ないが、なりたい人間にはかなり魅力的な報酬だろう。

ほんとにこんなものでスパムアカウントが減るのだろうか？　ムダな告発ばかり増えそうな気がする。大丈夫なのだろうか？

ああだこうだと考えを巡らせていると、公判が始まった。この事件での最後の回だ。山岡秋声が登場する。「被告　木崎哲也、検事　山岡秋声、弁護人　城野公平」という文字を見ていったい山岡はどんな動機を提示するのだろうと考えた。

——山岡秋声の冒頭陳述。

ＳＮＳがにわかに騒がしくなった。山岡秋声の人気はすごい。

「これは言わばサイバー内ゲバとでも言うべき抗争がリアルにも影響を及ぼし死に至らしめた、新しいタイプの事件と言えます」

画面に大きく、「サイバー内ゲバ」という文字が表示された。サイバー内ゲバというのは、山岡秋声の造語だろう。だが、内ゲバという言葉を知っている者はどれほどいるのだろう？

「ご存じない方も多いと思いますので説明します。内ゲバとは同じ組織、団体内部での暴力闘争のことです。ようするに仲間割れ。主にサヨクの団体の中で起きます」

続いて、「サイバー内ゲバ」の文字の下に、「サヨク」と表示される。麻紀子は山岡の〝サヨク〟という言葉に引っかかった。いつの頃からかわからないが、左翼という言葉は侮蔑的な意味合いを持つようになった。元々は平等かつ自由な社会を実現するために社会を変えようとする思想を指していた言葉だったが、カナカナのサヨクと表記されるようになって意味合いが変わった。きちんとした議論をせず、時には根拠もなく、同じ主張を繰り返す頭の悪い人々という揶揄する言葉に変わった。本来の思想的な側面は失われ、バッシングの際に用いるラベルになった。

「かつて学生運動が華やかだった頃は、同じ活動をしている団体内部で内ゲバが起こり、殺人事件に発展することもありました。一九六九年に内ゲバによる最初の死者が出て以降、毎年犠牲者を出すようになりました。さすがに最近は死者を出すような事件はほとんどなくなったようですが、必要によっては殺人も辞さないという意識がなくなったわけではありません」

麻紀子は学生運動や左翼思想が好きというわけではないが、山岡の聴衆に偏った認識を与えるような話し方には嫌悪感を覚える。

「彼らの団体《声の盾》は、昨年リーダーが引退したことに伴ってリーダー選挙が行われました。ふたりが立候補し、どちらを支持するかで内部はふたつに割れました。その一方のリーダーが植田さんであり、もう一方が木崎被告でした。投票によってリーダーは決まったものの、組織はふたつに割れたままで、その後もぎくしゃくした状態が続いていました。それが〝見えない内ゲバ〟――サイバー内ゲバを引き起こしました。連絡のためのメールにマルウェアを添付したり、告知のWEBサイトに罠を仕掛けたりとサイバー犯罪者顔負けの監視や攻撃を相互に行っていたのです。リアル世界で各国がサイバー攻撃を仕掛け合っていても互いに、やっていないとしらばっくれていられるように、サイバー攻撃は攻撃相手を特定するのが難しい。だから、なにかトラブルが起きると外部からの攻撃や罠と思うよりも前に、同じ組織の違う派閥からの攻撃と考えるようになったのです」

画面にはここ一年の間に起こったサイバー内ゲバの代表的な例が表示された。いずれも聞いたことがないものばかりだ。

「ひそかに同じ組織内で行われるものですから報道はされません。ほとんどの方は初めて見る事例だと思います」

いずれも悪質なネットストーカー行為やサイバー犯罪だ。資金を管理しているメンバーのアカウントをハッキングして銀行口座から資金を盗み出したり、幹部の個人情報を盗んでネットにさらしたり、内部分裂させるためにメールアカウントをハッキングして相互にケンカになるよう仕組んだり、例を見ていると、「人間って、なんて醜いんだろう」と思う。

「表向きは何事もなかったように振る舞いながらも、自分たちの派閥の中では相手からの攻撃を分析し、口を極めてののしっていました。その一部が資料に記載されています」

画面に掲示板らしいものへの書き込みが表示された。根拠なしに犯人を特定し、罵倒している。それだけでなく、報復攻撃の方法を募ったり、相手のプライバシーを暴露して笑ったり、やりたい放題だ。

「サイバー内ゲバでよく使われる攻撃方法は個人情報を盗み出してさらすこと、なりすましです。個人情報をさらされた時の被害はだいたい想像できるでしょう。なりすましは、かなり深刻です。アカウントを乗っ取られて、反感を買うような発言を繰り返したり、辞めたいとつぶやいたりするわけです。時には内部情報をなりすましアカウントからわざと漏洩したりもします。ひとたびサイバー内ゲバが起きると、内部は疑心暗鬼でいっぱいになります」

えぐい戦いだと麻紀子は思った。資料で読んだ昔の学生運動の頃の内ゲバもひどかったが、今もたいして変わらない。ただ、昭和の時代は直接暴力に訴えることも多かったが、今はまずサイバー内ゲバで正体を隠して敵対する集団を叩き、それで殲滅できなければ直接暴力か、投票に持ち込むという流れになるらしい。

山岡秋声は気にくわないが、これらの情報は自分の研究の参考になる。

「植田氏と木崎も互いを監視し合っていたものと考えられます。木崎は自分のアカウントを乗っ取られたと考えていたようですが、そのことを隠していました。なぜなら彼らの組織の中では、アカウントを盗まれる方も悪いという認識があったためです。アカウントを盗まれたことがわかれば、木崎氏は組織内で苦しい立場に追い込まれたでしょう。奪い返すためにいろいろ手を打ったようですが、一向に功を奏さず、どんどん追い込まれていきました。もちろん敵対していた植田氏が犯人だと思い込んでいたはず。それが今回の事件につながったのです」

画面が切り替わり、木崎の犯行計画が表示された。

「サヨク活動に耽溺し、現実を見失っていた木崎ですが、計画は周到でした。まず、植田氏と比較的仲のよいメンバーのLINEアカウントをハックしました。しかし、すぐに行動は起こさず、集会が始まって植田氏真偽の確認がとりづらい状態になるまで待ちます。同時にあらかじめ植田氏のSNSアカウントを複数のなりすましアカウントでフォローし、集会を盛り上げ、互いにがんばりましょうという言葉をかけて当日への期待を盛り上げます。そして当日の集会が始まると、デモに発展するようSNS上で煽り、植田氏には一緒にデモ行進したいからおおまかな場所と目印を教えてくれと頼みます。この時、初めてひそかに乗っ取っていたLINEアカウントを使ったのです」

星野の時も感じたが、話としてよくまとまっている。どこまで信じられるかは人によるだろうけど。つじつまはあっているし、やろうと思えばできそうだ。悔しいが、やはり山岡は強い。

——城野公平の陳述。

城野は前回、星野に勝っている。正確にいうと、山岡秋声のおかげのようなものだが、勝ちは勝ちだし、鋭い切り口を持っている。

最初、画面に検索結果が表示された。「サイバー内ゲバ　約三件」。その三件は、いずれもたいしたことのない情報だ。

「みなさんは、サイバー内ゲバという言葉をご存じでしたか？　私は知りませんでした。だから検索してみたんです。そうしたら、よいことがわかりました。そんな言葉はない。あるいはあってもほとんど使われていない」

想定しない反論に驚く。SNSに同じように驚いた人々がものすごい勢いで書き込み始めた。

「誤解しないでください。対立するグループが互いにサイバー攻撃し合うことまで否定したわけではありません。ただし、サイバー内ゲバという言葉を使うか使わないか、でだいぶ陪審員のみなさんの印象は変わります」

その言葉が終わると、「内ゲバ」の検索結果が表示された。約六十万件。そして上位に、「殺人事件」という言葉が並ぶ。

「おわかりでしょうか？　念のためサイバー攻撃で検索してみましょう。約四十三万件。さきほどの内ゲバとサイバー攻撃の検索結果は、かなり違います。内ゲバという言葉を使うと、殺人事件が出てきます。サイバー攻撃で検索しても殺人事件はほとんどありませんし、世間的なイメージでも結びつきません。内ゲバという言葉を知らない人は、検索でそれが簡単に殺人事件に結びつくものだと認識する。ご存じの方は言葉を聞いただけで、殺人を想起する。サイバー攻撃をサイバー内ゲバと呼ぶだけで殺人事件に結びつくイメージを植え付けやすくなります。これが検察の狙いです」

言われてみればその通りだ。サイバー攻撃だと殺人に結びつきにくいが、内ゲバはもろに殺人事件を連想する。

「私の知る限り、これまで左翼の組織内のサイバー攻撃が元で殺人事件が起きたことはありません」

城野は断言した。それから過去のニュースなどを紹介し、その言葉がウソではないことを説明した。

城野の反論はしごくもっともなものだった。組織の内紛でサイバー攻撃を使ってもそれが殺人にまで発展しないことが普通なら、今回は普通でないことが起きた理由が必要になる。

これに対して山岡秋声は数人の証人を招き、サイバー内ゲバの実態を紹介した。証人たちは口々に、組織はふたつのグループに分裂しており、表向きは行動を共にしながらも、ネットで相互にバッシングし、サイバー攻撃を繰り返していたという。これらの内ゲバは匿名で行われたため、誰がどちらに属しているか正確にはわからない状態だった。

さらに頻繁に敵側に寝返る者や、両方の陣営に同時に所属している者、あるいは異なる組織から偵察に来ている者なども入り込んでいたため、常に疑心暗鬼で自分以外は誰も信用できなかったという。

「僕は興味本位でこの会に参加しました。リーダー選挙が終わった後でしたが、すぐに両方のグループから誘いが来て、結局両方に顔を出すことにしました。ネット上ではさきほど検事の方や弁護人の方がおっしゃったように激しいやりとりが行われていましたが、現実の組織では、対立することはほとんどありません。どちらが本当なのかわからなくなることがあります。たまに、リアルの内ゲバの計画が持ち上がることもあるのですが、ほとんど実現しません。あの日の植田同志への襲撃も実現しないものと思っていました。LINEのアカウントをハックしたのはこちらのグループで、それを利用して植田同志を罠にかけることはネット上のこちらのサイトで計画済みでした。ネットの掲示板に参加している人ならみんなが知っていることです。もっとも誰がどちらのグループなのかわからないんですけどね。ただし実行すると思っていた人はほとんどいなかったでしょう。だから死んだと聞いた時はショックでした。もっと驚いたのは、敵対していた連中が大喜びしていたことです。いくら敵対しているといっても、仲間であることには変わりないでしょう。それにあくまで争っているのはネットの上だけで、リアルに戦ったりすることなんてなかったんです。それが突然の殺人ですもん。すぐに会を抜けました。怖いですよ。ネットで殺すぞ、って書くのと、本当にやるのでは全然違いますからね」

　証人の説明が終わると山岡は質問を始めた。

「それまでに実際に暴力がふるわれたりすることはなかったんですね?」

「そうです。だって、どちらがどっち側だかわからないんです。手を出したら、自分がどちら側だかわかってしまうでしょう。もちろんリーダーと有力メンバーくらいはわかりますよ。でも、それ以上はみんな意図して隠しているからわからないんです。僕のように両方に参加している人もいると思います」

「リーダー同士は選挙後、対立していたと聞きますが、そうではないんでしょうか?　お話を聞く範囲ではネット以外では平和に仲良くしていたように思えます」

「そうですよ。ケンカなんかしてたら、みんな逃げ出します。少なくとも僕の知る限りではケンカなんかなかったです。今回の事件で相当メンバーが減ったと思います。確かにリーダーや中心になる人の間に、なんとなくなにかありそうな雰囲気はしていましたけど、普通に仲のいい人と悪い人がいるくらいの感じです。両方のグループから誘われるまで全然わからなかったです」

「これまでに殺人あるいはリアルな暴力につながる事件はありましたか?　大丈夫、あなたの声も姿も誰にもわかりません。映像はアイコンのみ、音声は声優さんです」

山岡の言葉が少し強くなった。なにか仕掛けるつもりなのだとわかる。

「……ありました」

「それはどんな時に起きましたか？」

「前回のリーダー選挙の際に、三人目の候補者がいたんですが、自宅に帰る途中で事故に遭いました。仲間がやったと決まったわけではないんですが、そうだろうという噂が流れました。そのまえの選挙でも似たようなことがあったそうなんで、僕もそうかなと思いました。ただ、これは一般のメンバーは知らないと思います」

「なるほど。つまり、リーダー同士の戦いに伴ってリアルな暴力がふるわれることはあり得ることだったんですね」

「……はい」

「では、今回もリーダー同士の争いという視点で考えると殺人が行われた可能性もあり得るわけですね」

「で、でも、僕はリーダー同士が殺し合うなんて信じられません」

「しかし、可能性は否定しないんですね？」

「……はい」

「私からは以上です。なにごとにも始まりがあります。確かにサイバー内ゲバは私の造語です。だからそれに伴う殺人がないのは当たり前です。これが最初の事件です。世界初のサイバー内ゲバ殺人事件を裁くのは、みなさんです！」

こんなのはまやかしだと思いつつも、山岡秋声の自信にあふれた口調で言われると、「そうなのかな」と思ってしまいそうになる。やっぱり、うまい。論旨の組み立てだけでなく、声優もかなり凄腕だ。


ネットは異様な雰囲気に包まれた。サイバー内ゲバという言葉のせいだ。意見の対立が殺し合いにまで発展する。過去に内ゲバ殺人があったことは知っていても、まさかこの時代にそんなことが起きるとは思っていなかったのだろう。ＳＮＳでの公開法廷の議論だって、殺し合いに発展しないとは誰も断言できない。

議論が過熱すると、「粛清する」、「教育的措置を施す」、「自己批判させる」といった古めかしい凶悪な言葉が飛び交った。各クランのリーダーは穏当な表現をするように注意したが、言うことをきかない者は後を絶たなかった。クランに登録したアカウントとは別のアカウントを用意し、それで過激な発言を繰り返すという悪質な行動が目立った。

やがて、「星野のクランの連中が他のクランの幹部を襲ってアカウントを取り上げようとしている」、「山岡秋声の家族が誘拐されて、わざと負けるように脅迫された」といったデマが飛び交うようになると、ネット上の緊張は一気に高まった。

公開法廷についてはテレビや雑誌で取り上げられるし、そのための特集も組まれることが多い。そこで、これらのフェイクニュースについて取り上げられ、自粛するよう呼びかけが行われたのだが、それが裏目に出た。フェイクニュースというものの存在とその実態を、番組で知った人々がデマを飛ばし出したのだ。

公開法廷がらみのフェイクニュースがほぼ毎日いくつも流れ、本当のことがわからなくなってきた。フェイクニュースのためのスパムアカウントも急増し、すぐに凍結され、別の新しいアカウントで復活した。カオスという言葉しか浮かばない状況だ。これまでも公開法廷の公判のたびにネットが騒ぎになっていたが、今回はフェイクニュースとスパムのために輪を掛けてひどい状態だった。

その混沌の中で、判決の日がやってきた。ネット上の予想はやはり山岡優勢だったが、麻紀子は星野が勝つかもしれないと思っていた。麻紀子自身はいまだに佐内伸治がハーフでロシアのスパイだったとは信じられないが、あの説明を聞いた者の中には信じる者も増えていた。

――判決。

判決の時、麻紀子はベッドの上で正座してノートパソコンに見入っていた。知人の裁判の結果を見るような緊張感に襲われ、掌が汗ばむ。

――木崎哲也を有罪とする。総投票数八千七百九十八万六千八百三十人。得票数、小山内

拓真一千六百二十三万七千六百八十五、佐内伸治二千七十六万四千六百七十七、木崎哲也五千十九万七千四百八十八、犯人なし七十八万六千九百八十。

やはり山岡秋声だったか。麻紀子はばたりとベッドに倒れた。同時に、五千万人を超えた支持の数に驚く。

——検事である山岡秋声からひとこと。

山岡秋声の声が頭に入らない。これからサイバー内ゲバという言葉が流行りそうだな、とぼんやり思った。

公開法廷の判決が出ると、その事件に関する議論はすぐに収まるのがいつものパターンだ。真実かどうかは別として結論が出た以上は、後から騒いでもしょうがないし、勝った検事あるいは弁護人に投票した人々からバッシングを受けかねない。なにしろ、ネット上で少数派であることが投票でわかってしまったのだから、ケンカしても勝ち目はない。

だが、今回は違った。判決が出ても議論はやまなかった。その理由はフェイクニュースが次々とデマを提供し続けたからだ。公判の裏取引や新しい証拠や証人の話をまことしやかに流す。本物らしいものや、おもしろいものは拡散され、それに対しての議論があちこちで始まるという繰り返しだ。天網計画社はたびたび注意喚起を行ったが、焼け石に水だった。

その混沌の中でデジタル隣組制度がスタートした。麻紀子と同じ隣組には、吉永をはじめとする後輩たちがいた。彼らがその気になったら個人情報がダダ漏れだ。麻紀子も同じことができるから、互いに牽制してバカなことはしないと思うが気分はよくない。

その効果は抜群で、デマを飛ばしてネキャスの集客を図ろうとしていた数人のクランメンバーが摘発され、警察に引き渡された。投票期間中ということで、どこのクランの所属であるかは伏せられていたが、すぐに星野のクランの人間と特定され、拡散した。これが致命傷となって、星野は一気に信用を失い、クランメンバーが激減した。


お気に入りの星野の人気が落ちたこともあり、麻紀子は鬱々とした気分で研究室で資料をながめていた。

「浮かない顔だね。論文が行き詰まったかな?」

南方が研究室に入ってきた。

「そんなことはないんですけど、公開法廷が気になるというか、怖いというか、どうも嫌な感じなんです」

「ひどく曖昧な表現だ。山崎くんらしくない」

そう言いながら自分の席に腰掛け、電子タバコを手にした。

「デジタル隣組制度や星野検事の失脚や、いろいろ危ない方向に進んでそうな気がするんです。ロシアのスパイが日本のネットで諜報活動しているというのも、みんなが当たり前に知っているニュースになったのもどうかと思います」

「小生もあれには驚いた。あれはないだろう」

「その後のフェイクニュースとデジタル隣組からの摘発もなんというか怖いです」

「しかし山崎くんにとっては研究テーマが注目されるようになってうれしいんじゃないのかね？」

「そうなんですけど、こんなに身近になるとは思ってもみませんでした。革命をテーマに調査研究している人は珍しくないですけど、現代日本で革命は起こりそうにないじゃないですか。それと同じでまさか日本でこんなことがリアルに起きるなんて思ってませんでした」

「騒ぎはデジタル隣組のおかげで収まったわけで、図らずもその有効性を示すことになった。フェイクニュースとスパムがあふれるような公判を仕掛けて、そのタイミングでデジタル隣組制度を導入する……シナリオ通りだとすると政府当局はかなり食えない連中だ。仕掛けているのは司法省だろうか？」

そういう見方もできるのかと感心すると同時に、ますます気持ちが悪くなった。

「先生、今ってどういう時代なんでしょう？　なんだか冷戦とか戦前とか、そういう時代に似てきたような気がするんですけど」

ふと自分でも思ってもみなかった質問が口を突いて出た。

「今は戦時下つまり戦時中だよ」

だが、南方の返事はさらに予想外だった。

「えっ？」

「君だって自分で言ってるじゃないかね。サイバー戦争は現在進行形の脅威なんだろう？　それに従うなら今は戦時下になるわけだ。単純だが、みんなが見落としている事実だね。しかも世界大戦だ」

「あ……」

「多くの攻撃は物理的な破壊行為を伴わず、伴う場合でも匿名性が高く単なる事故と誤認されやすい。加えて言うなら、仮に攻撃を受けたことを確認しても発表しない。すればこちらが気づいたことや、どこまで気がついたかを相手に知らせることになってしまう。だから当事者以外は戦闘の実際を知りようもない」

「あの……それって私が以前レポートに書いたことですよね」

「うん。その通り。君の言う通りだとすれば今は戦時下だ。そう考えた方が物事がわかりやすくなるだろう。保守化、全体主義化、民族主義の台頭、言論統制、監視強化」

「おっしゃる通りです」

なぜ、そのことに気づかなかったのだろうという思いと、それにしても〝戦時下〟というのは大げさだという思いが交錯する。心情的には後者なのだが、理屈で言うと〝戦時下〟と考えた方がつじつまがあう。

「戦時下にしては平和ですね」

ぽろっと口から出た。

「戦争中でも前線でなければ日常だよ。僕らが気づかないうちに、長い戦争が始まっていたわけだ」

「戦時下というのは確定なんですか？」

「ふうむ。どうしたものか。山崎くんはどう思うかね？」

「はあ。心情的には、戦争のはずないって感じなんですけど、理屈で言うと戦時下ですよね。認めなくても認めてもなにも変わらないから認めたくないんでしょうか」

「戦争はおそろしいものと感じているからそうなるんだろうね。多くの人はそう感じる」

「怖くない人がいるんですか？」

「たくさんいるだろう。だから戦争をしているわけだ」

戦争が怖くないという感覚がわからない。ゲームで銃やミサイルを撃つのとはわけが違う。実際に人が死ぬのだ。それで平気でいられるとは思えないのだが、南方の言うように平気な人が多いのかもしれない。同じ日本に暮らしていても自分とは相容れない。

「公開法廷も戦時下のコンテクストで捉え直す必要があるのかもしれないね」

南方の言葉に麻紀子に戸惑った。〝戦時下〟のコンテクストとはどういう意味だろう。そんなことを言い出したら、公開法廷だけでなく、あらゆるものの捉え方が変わってしまう。

雑談が終わり、ふたりは黙々とそれぞれの原稿に向かった。だが、麻紀子は集中できない。資料をめくっていても、頭の中には〝戦時下〟という言葉が駆け巡っている。気もそぞろで、なんとなくネットをながめていたら今回の公開法廷を批判するツイートが目にとまった。

――今回の判決は明らかにおかしい。証言はバラバラだが、木崎哲也の無実を示す証言だってある。なぜ、こんな結論になったのか理解できない。

確かにその通りなのだが、いくら言っても判決は覆らないだろう。

「全くその通り」、「同感です」と声援を送りたかったが、バッシングに巻き込まれるのを恐れた麻紀子は、「いいね！」するだけに留めた。

――公開法廷は、ＳＮＳ監視や誘導を行っている。そのことを証明した。

続いて流れてきたツイートを読んで、どきりとした。言われてみればその可能性はあるが、検事や弁護人がクランを作って世論を誘導しているようなものだから、あえて運営側が仕掛ける必要はなさそうだ。でも、この人の視点はおもしろい。麻紀子はさっそく石倉と名乗る人物をフォローした。

――何者かがSNSを監視、誘導している根拠となる分析レポートを公開したので見てください。

石倉がツイートしたのを見て、麻紀子はあわててリンク先に飛び、PDFのレポートを入手した。丹念にそれぞれのクランのツイート数の変化、使われる言葉の変化などを整理し、追いかけている。一気にアドレナリンが分泌された。

公開法廷と一般の裁判やネット上のイベントをいくつか対比されていた。公開法廷についてのSNSのレポートだけ見ているとわからないが、他と比べると明らかな違いがある。毎回の公判ごとに、投稿数や肯定および否定の意見の比率などほぼ同じような傾向を見せている。これに対して他はかなりばらつきがある。レポートでは名前は出していないが、それとなく公開法廷の運営会社である天網計画社が関与していると暗に指摘していた。

それだけではなく、公開法廷は盛り上がる時と落ち着く時のカーブがきれいだ。まるで、シナリオに沿って誘導されたように見える。石倉が言うように、誰かが意図してシナリオ通りに動かそうとしている可能性はあるように思える。

石倉のレポートには手法に関する解説がついていた。ＦＢＩが二〇一六年のアメリカ大統領選挙の際に行ったＳＮＳの分析を元にしているそうだ。あの時はロシアがＳＮＳを利用してアメリカ世論を操作しているという噂が立ち、『ワシントン・ポスト』をはじめとするいくつかのメディアが取り上げた。

麻紀子は知らなかったが、諸外国ではＳＮＳ世論操作による攻撃はレピュテーション攻撃などと呼ばれ、広く認知されており、なりすましやトロールの検知システムの研究も進んでいるという。事例として取り上げられていたタバコのマーケティングでは関連するツイッターの八十パーセント以上がトロールによるツイートであり、タバコにたいする健康被害などネガティブな意見が多くを占める人間のツイートを覆い尽くしていたそうだ。

二〇一七年三月のアメリカの上院情報特別委員会で、クリント・ワッツ（元ＦＢＩ捜査官でその時点では外交政策研究所の研究員）がロシアの関与について証言している。ロシアがアメリカの選挙戦に影響を与えるためツイッターのボットを利用してフェイクニュースを拡散していたことが捜査で確認されたという。

この時に利用されたツイッターアカウントは千以上で、相互に協力して、フェイクニュースを拡散し、トレンド入りにまで押し上げることができるのだという。

これだけ目立てばメディアがフェイクニュースのウソを暴き出す。時にはロシアに対しての批判につながることもある。それでも一般市民の関心を集め話題になり続けることができるのだ。つまり天網計画社はロシアがアメリカの大統領選挙でやったのとほぼ同じことを何度も繰り返し行っているのだと。読んでいるうちに口が渇いてきた。麻紀子にも思いあたることはあった。二〇一三年、自民党は民主党から政権を取り戻すためにSNSや動画放送といったネット活動を積極的に取り入れた。それがたとえ批判であっても、メディアにとりあげられないよりはとりあげられた方が有利だったそうだ。その話に似ている。

政権側に有利になるような書き込みをネット上で行う専門部隊が自民党内にあるという噂もあったし、ヤフーが同一人物からと考えられるコメントの書き込みを一斉に禁止したこともあった。

公開法廷は国民を洗脳しようとしているという南方の懸念もあながち外れていないのかもしれない。だとしたら、公開法廷は単なる警察の息のかかったサービスではなく、もっと国家ぐるみの陰謀の一環なのか？　運営している天網計画社とはいったいどんな会社なのだろう。

本来の論文の主旨と違う方向にそれているのはわかっていたが、止められなかった。論文そっちのけで、麻紀子は天網計画社について調べ始めた。

ざっと調べて見たものの、会社そのものにはこれといって変わった様子はなかった。創業者と役員はＩＴ企業やゲーム会社の出身者で、雑誌のインタビューに公開法廷に対する情熱を語っている。社外役員で経歴の記載のない人物がふたりいた。調べてみると二人とも警察庁の外郭団体の理事だった。その団体は警察関連の告知活動を補助しているらしい。吉沢保《よしざわたもつ》と篠宮明日香《しのみやあすか》。おそらく警察官僚の天下り先なのだろう。天網計画社は、警察のOBを多く採用してパイプを作っているというから、そのひとつなのだろう。

それ以外に目立ったものとしては、創業者で社長の古谷野肇《こやのはじめ》が、時々警察関連のイベントのゲストして招かれて公開法廷の話をするといった交流くらいだ。警察べったりの会社というのは間違いない。

麻紀子はネットに残っていた古谷野肇が登場した番組の動画を見つけた。半年前に放送されたもので、米倉鷹信《よねくらたかのぶ》というミステリ作家との座談会だった。局アナらしき司会者がひととおり、公開法廷について説明した後、米倉に感想を尋ねた。

「僕自身も国民の義務から陪審員として参加しています。不謹慎ではありますが、小説の静的なおもしろさに比べて動的なおもしろさがありますね。公判そのものも三人の検事の三様の推理とそれに対する弁護人の反論が三つのミステリのようで楽しめますし、その後にネットのいたるところで繰り広げられる推理合戦みたいなものもどきどきします。自分自身もそこに参加しているわけで、しかも最終的に犯人を決めなければならない。リアルの公判でありつつ、高度なエンターテインメント性を兼ね備えていると思います」

麻紀子は米倉の小説を読んだことはなかったが、新進気鋭の若手ミステリ作家として売り出し中だ。デビューはラノベだったが、すぐに一般小説に転じて次々とヒットを飛ばしている。見た目もさわやかな好青年で、作品だけでなく作者本人にも人気があるのはよくわかる。

一方、天網計画社の古谷野肇は初老の芸術家といった雰囲気で会社の社長という雰囲気はない。経歴ではIT企業に勤務していたところまでしかわからないが、見た感じではシステムエンジニアやそれに類するタイプではなさそうだ。

「ミステリ作家までとりこにしてしまうなんて、さすがですね」

司会者が古谷野に話を振る。

「インターネットの普及によってミステリは死にました。公開法廷が始まらなくてもいつか消えていったと思います。とはいえ、一戦で活躍なさっている方にそう言っていただけるのは大変光栄です」

古谷野は米倉の顔を見ず、床に目を落としたまま独り言のように答えた。その場が静まり返る。これは生放送番組だったんだ、と麻紀子は気づいた。

「ほんとに、ネットでいろいろなものが進化しましたよね。私なんかはついていけなくて、いつも困っています。そういえば古谷野さんも以前は小説を書いていたことがあるとうかがいました」

司会者があわててとりなすように話題を変える。

「……そうですね。でもとっくに止めました。誰も来ない密閉された空間で殺人事件が起きるなんていうファンタジーに飽き飽きしたんです。孤島の洋館なんてないし、今どき安楽椅子に腰掛けている人なんかいない。現実路線がダメならゾンビやのろいやファンタジーを担ぎ出す。でも、サイバー空間に目を転じれば、そんな小手先の作り物にはおよびもつかない本物のミステリの世界が広がっているんです。公開法廷とはそういう場なんです」

古谷野は全く話題を変えない。空気が凍った。画面越しでも司会者が死ぬほど困っているのがわかる。古谷野はクセのある人物という噂をネットでちらほら見てはいたが、ここまでとは思わなかった。

「古谷野さんの短編『サイバー空間はミステリを殺す』ですね。評論書の『サイバーミステリ宣言!』も拝読しました。どちらも先駆的かつ力作だったと思います」

米倉が笑顔で応じた。売れっ子の貫禄だろうか？　古谷野の挑発に乗る気配は全くない。古谷野が本も書いていたというのは知らなかった。

「恐縮です」

古谷野も意外だったようでやっと顔を上げた。

「自分としては、あれらは本格ミステリに対する死亡宣告のつもりでした。インターネット上でリアルタイムに繰り広げられる戦いがこれからのミステリになります。誰も作り物のミステリを読まなくなる」

古谷野は硬い表情で米倉をにらむ。大人げないと麻紀子はあきれた。

「怖いなあ。僕も負けないようにがんばりますよ」

米倉は軽くスルーする。古谷野の顔が赤くなり、形相が険しくなる。

「あ、あの。今のお話を少し説明していただけますか？　おそらく視聴者の方もよくわかっていないと思います」

司会者があわてて言った。

「我々の日常生活はもはやネットなしではたちゆかなくなっています。今や政治、経済、各種インフラもネットを前提にしています。当然、現実の世界を舞台にした小説にもそれが反映されなければリアリティが失われてしまう。しかし、ほとんどの小説、特にミステリではあえてネットを無視してます。なぜだと思います？　作者が不勉強で書けないということもありますが、ネットを知れば知るほどそこで起きていることの方がはるかにおもしろいことがわかってしまうからです」

古谷野が口を開くよりも早く、米倉が話し始めた。

「えっ、えっ。そうなんですか？　でも、それってどういうことなんですか？」

司会者が驚きながら米倉を見る。

「サイバー犯罪や国家間のサイバー攻撃は、次から次へと新しい手法を開発していて、僕らが想像もしていなかったようなすごいことが行われているんです。技術的にすごいってこともありますけど、騙し方とか罠とか、ようするにミステリのトリックみたいなものです。二〇一六年のアメリカ大統領選挙にロシアが介入した話は有名でしょう？　あれを追いかけるとロシアが十年以上前からネット世論をコントロールしていた方法論や組織が浮かび上がってきます。古谷野さんがおっしゃるように、ネット上で起きていることは僕らの想像を超えたミステリであり、冒険小説であると思います。ただし、だからといって小説は小説でおもしろさと楽しさを持っているので両方あっていいと僕は思うんですけどね」

米倉は穏やかに説明する。

「おもしろい。これから公開法廷がミステリを蹂躙するのを見せてやる。年内に公開法廷の記録を出版し、ミステリ出版を席巻する」

まるでアニメの悪役のセリフだ。ここまで古谷野を駆り立てるものはなんだろう？　よほど日本の文芸界に恨みでもあるのだろうか？

「出版!?　挑戦状ですね。いいですよ。受けて立ちます。僕というより、日本いや世界のミステリ作家たちが古谷野さんの公開法廷を迎え撃つんですね。わくわくするなあ」

米倉はあくまでポジティブだ。よくここまで落ち着いて対応できるものだと思う。

「公開法廷の公判記録が出版されるとはすごいお話です。ミステリファンの方にとっては楽しくて眠れない日々になりそうですね」

司会者がほっとした表情で割って入った。

「ここで、公開法廷のこれまでの事件を時系列でおさらいしたいと思います」

そこで画面に公開法廷の年表が表示された。麻紀子は、それを横目でながめながら、さきほど米倉は口にした二冊の本の書名を検索する。ペンネームを使っていたから、古谷野肇が小説家だったと気づかなかった。ＩＴ企業で働くまでは十冊ちょっとの著作を発表している。ヒットには恵まれず、細々と執筆活動を続けていたようだ。その頃から自分を見てくれないミステリ界に対するうらみつらみをブログに書いていたらしい。やがて出版界から姿を消し、天網計画社を起業した。

調べるとその後、『公開法廷　公判記録　一』と題する本と資料集が販売されており、どちらも三〇〇万部を突破していた。出版不況の中でこの部数はすごい。古谷野の言う通り、公開法廷は出版界を席巻したのだ。

社長の古谷野が陰謀論の中心になると思っていた麻紀子は拍子抜けした。売れない作家が復讐のために警察や司法省を巻き込んだという話なのか？　いや、それでもすごい話には違いないが、これまで南方と話してきた陰謀論とは規模が違う。全国民を魅了し、洗脳し、旧来型のミステリへの復讐を行うだけなのか？　自分や南方は考えすぎだったのか？

第三章　スパムアカウント大量摘発

こんなに脆《もろ》いものだったか……石倉は絶望的な気分になった。先日の木崎の資料は確かに本人のものと確認がとれたので野党代議士に持ち込むことになった。ただし内容の信憑性はまだわからないから使えない。そうこうしている間に、《声の盾》はどんどん力を失っていった。

公開法廷で木崎が有罪判決を受けてから《声の盾》は、パニックと呼べるほどの動揺に見舞われた。逮捕された時は無罪になれば元通りになるという期待があったが、ここまで人が抜けてしまってはもう元には戻らない。二審以降で無罪になる可能性もあるが、ほとんどの国民は公開法廷の判決しか見ていないし、もし無罪になっても否定的にとらえる者が多い。「犯罪者を野放しにしていいのか！」と憤る者すら珍しくない。無罪になった時点で犯罪者ではないのだが、多くの国民にとって公開法廷の印象が強すぎるのだ。

だから後から無罪になっても元に戻ることはない。それは過去に公開法廷で有罪判決を受けた人間がどうなったかを調べればすぐにわかる。死ぬまで犯罪者という目で見られ続けることになる。

世論の批判が木崎個人から《声の盾》という団体全体への批判に変わっていくのはすぐだった。木崎の有罪が確定したことで、メンバー間の争いも増えた。《声の盾》内部にも山岡秋声クランのメンバーはいる。有罪まで表立って発言を控えていたが、判決が出たとたんに一部は脱退し、一部は中に留まって批判を始めた。

石倉は天網計画社の秘密を暴くことに一縷の望みを託していた。天網計画社ひいては公開法廷がなんらかの意図によって世論を操作する仕掛けだったら、これまで公開法廷で有罪判決を受けた人々は世論操作のために作られた冤罪被害者だった可能性が高くなる。そうなればまた信用を取り戻せるが、事はそれほど簡単ではなかった。

石倉は指導部に天網計画社の調査を進言したが、一顧だにされず却下された。指導部は崩壊しつつある組織を維持することで手いっぱいだった。ＳＮＳ世論操作ということが現実離れしているとも言われた。トンデモ陰謀論としか思ってもらえない。

会社でも社長から、《声の盾》での活動を考えるように釘を刺された。遠回しに脱会しろと言っているのだろう。社長という立場ならしかたのない判断だとわかるが、ここでやめてしまっては自分たちが間違っていたと認めることになる。

デジタル隣組の他のメンバーに、自分が《声の盾》に参加していることがわかれば高い確率で密告されるだろう。怪しいと思ったら、なんでもいいから密告されかねない。これまで《声の盾》に参加していることを隠さずにＳＮＳにも書いていたから密告されるのは時間の問題だ。《声の盾》の仲間たちからの助けは期待できない。早く決着を付けなければ会社にも居づらくなる。

知らず自嘲的な笑いが漏れた。八方塞がりで、ひとりでやるしかない。なんのために？　よりより社会、世の中を作るためだ。そう思ってやってきたが、騒いでいるだけでなんの成果も出せていないのではないか。

成果を出せないまま、スケープゴートとして罪を着せられるかもしれない。木崎のことが頭をよぎり、やりきれなくなる。なんとかしたい、しなくてはならないという思いと、どうせダメだという思い、それに自分も木崎のように逮捕され、見せしめに公開法廷にかけられるのではないかという不安が頭の中でごちゃまぜになる。

逃げたいと思った時、園田の言葉が浮かんで来た。

「立ち止まるのも逃げるのもいい。でも永遠に立ち止まっていることも逃げ続けることもできない。いつかはまた走り出す。自分が走れることを忘れるな」

園田が亡くなってから自分は走り続けてきた。誰も悪くないのに誰も幸福になれない社会を変えたかった。まだなにもできていないまま逃げ出したくはない。まだ心は重かったが、それでも走り出さなければという気持ちは蘇った。

社長に確認を取ったうえで何者かがＳＮＳ世論操作を行っていることを暴露しよう。これで動きがあれば相手の正体を暴く手がかりが得られるかもしれない。天網計画社に間違いないのだが、証拠がほしい。

＊

夕方、研究室から麻紀子が帰り、南方も帰り支度を整えていた。スマホが震えた。

「はい」

南方が出ると相手はすぐに本題に入った。

「南方会議《なんぽうかいぎ》の日程が決まりました。五日後の午後二時にいつもの場所です。このタイミングでデジタル隣組を始めるとは思ったよりも展開が早い。それに合わせてこちらも計画を前倒しにします」

南方会議とは、主宰者である南方の名前をとった会議だ。社会学、情報理論、社会心理学、政治学の専門家四名が非公式にある目的のために集う。

「時間がないな。予想以上に事態は動いているわけだ」

「ご存じの通りです。南方先生は例のお友達と今晩会うんですよね。突っ込んだ話を期待しています」

「彼とはいい協力関係を築けていると思う」

「南方先生のアドバイスで公開法廷もだいぶ変わりました。さすがというべきか」

「彼も予定よりも早く進んで助かっているだろう。小生もアドバイスした甲斐があったというものだ」

「我が国の社会制度も大きく変わりそうですね。しかも法律を変えずに」

「全くだ。世論とは恐ろしい」

南方は嘆息し、「じゃあ、五日後に」と通話を終えた。

＊

麻紀子は天網計画社のことが頭から離れなくなっていた。翌日は論文の中間チェックの日だというのに。

それでもなんとか構成と資料などをそろえ、午前中にゼミ室でクリアファイルに入れているところへ、南方がやってきた。

「素晴らしい。今日、中間報告というのをちゃんと覚えていたね」

南方は片手に学食から持ってきたコーヒーの紙カップを持っている。

「当然です。始めていいでしょうか？」

麻紀子はそう言うと、南方のテーブルにクリアファイルを置く。「やる気まんまんだね」とつぶやきながら椅子に腰掛け、コーヒーを一口飲むとクリアファイルを開いた。

「ふむ、まあ、この段階では仮説に沿ってどれだけどんな材料を集めているかくらいで充分だと思う」

「そういう意味では思った以上にいろいろな情報が集まりました。ソシオフォックス社の話はしたと思うんですけど、あそこ以外にも山とあったんですよ」

「ほお、なるほど。そいつは驚きだ」

口では驚いたと言っているが、動揺しているようには見えない。食えないなあ、と麻紀子は思う。

「先生は知ってたんですか？」

麻紀子はＳＮＳ分析専門企業の一覧表を南方に渡しながら尋ねる。

「うん？　いや、もちろん知らないよ。ＳＮＳ分析専門企業というのも君から初めて聞いたくらいだ」

「じゃあ、なんで驚かないんですか？」

「当然、やっているような気がしていたからね。就職やアルバイトの採用の時にだって、ＳＮＳをチェックする時代だ。暴動の起きる国なら警察がやっていて当たり前だろうな。そういえば標的型面接攻撃という手法もあるそうだね。ターゲットの会社に応募し、偽の履歴書を提出する。するると、人事部はその偽名をもとにＷＥＢやＳＮＳを検索して変な発言をしていないか確認するわけだが、そのページに罠が仕掛けてあってマルウェアに感染させるというわけだ」

「手の込んだことをしますね。でも、確かに引っかかりそう。本題に入りますよ。こうした企業が目立つようになったのは二〇一五年くらいからです。例の黒人人権運動が全米各地で盛り上がる中、危機感をいだいた各地の法執行機関が導入しました。このへんの事情は、ACLU（アメリカ自由人権協会、American Civil Liberties Union）というNGOがさまざまなレポートとかで暴露しています」

「暴露とは人聞きが悪い。ちゃんと情報公開法に基づく開示請求を行って入手した資料だろう」

「まあ、そうなんですけど。それだけじゃなくて、ACLUは、二〇一六年に全米六十三の法執行機関に質問状を送り、うち五十二から回答をもらっています。そのうちの二十一の法執行機関がSNS分析ツールを使用していたんですよ。多くの法執行機関が二〇一五年に使用を開始しています。で、ACLUは特定の人種や主張する人々を対象に監視を行うのは憲法違反だって批判してます。二〇一六年十月十八日になると、アメリカ憲法権利協会（The Center for Constitutional Rights）と、ケース・ウェスタン・リザーブ大学法学校のミルトン・クラマー実践法律センターがFBIとNSA（国家安全保障局）を告訴しています。黒人人権活動《Black Lives Matter》参加者に対して監視活動を行っていたんだそうです。市民による抗議活動は憲法によって保障されており、それを侵害したということなんですね。NSAは活動家の位置情報を含む個人情報を収集し、FBIは後述するスティングレイという携帯電話盗聴装置を使用していたと書いてあります」

「嫌な世の中になったものだね」

「でも、日本ではできませんよね。日本の個人情報保護は世界的にもかなり厳しいものだとうかがいました」

「拙者は常々不思議でしょうがないんだが、なぜ、この国であんなに厳しい制度がまかり通っているんだろう？　過去からのいろいろなしがらみと慣習が積み重なっていそうだ」

「少しだけ、この国で安心できる点ですね」

「国内で個人情報が保護されているのと、当局が監視していないのとは微妙に違うのだがね。これは君も知っておいた方がいいかもしれない。ＮＳＡが日本政府にXKeyscoreというツールを提供していたことが暴露されている。XKeyscoreは複数の方法で収集された情報のデータベースで、電子メールからＳＮＳの内容からいろんなものが含まれている。ケーブルから盗聴したデータも含まれているというから恐れ入る。全世界のインターネット通信の八十パーセントくらいはアメリカを経由するというから、全世界のデータベースというわけだ」

「アメリカを経由するってどういう意味ですか？」

「山崎くんも文系とはいえ、基本的なことはおさらいしておくべきだよ。インターネットは通信相手のダイレクトにつながるわけではなくて、いくつかのポイントを経由して接続される。その際、経由するポイントは世界中に無数にあるわけだが、やはり圧倒的にアメリカを経由することが多い。たとえ日本国内同士の通信でも一度アメリカを経由していることは珍しくない。だからアメリカのケーブルを盗聴すれば世界中の情報を入手できる」

「知りませんでした」

「ちなみにイギリスでも同じようなことをしている。あそこは世界の通信の四分の一くらいが経由しているそうだ」

「国内で盗聴できなくてもアメリカでできるなら意味がないですね」

「そうだね。盗聴しなくてもフェイスブック社、グーグル社やマイクロソフト社をはじめとする大手ＩＴ企業はＮＳＡに情報を提供しているから筒抜けだ」

「スノーデンの告発ですね。まだちゃんと読めてないんです」

二〇一三年、エドワード・スノーデンは莫大な量のアメリカ政府の記録を暴露した。彼はＮＳＡやＣＩＡで働いたことがあり、そこから大量の機密文書を入手していた。その多くはアメリカ政府および関係国による大規模な監視の実態である。たとえばプリズム（ＰＲＩＳＭ）と呼ばれるプログラムでは、インターネットプロバイダや大手ＩＴ企業（マイクロソフト、ヤフー、グーグル、フェイスブック、ユーチューブ、スカイプ、ＡＯＬ、アップルなど）がＮＳＡにデータを渡していたことが暴露された。イギリスの諜報機関ＧＣＨＱ（政府通信本部）をはじめとする各国諜報機関との連携や同盟国の大使館の盗聴などその内容は多岐にわたる。この暴露は世界に大きな衝撃を与え、ノルウェーの政治家がスノーデンをノーベル平和賞に推薦するほどの騒ぎとなった。XKeyscoreもこれにより明らかになった。

スノーデンは、NSAと日本政府機関の協業についても暴露していた。NSAは日本政府にXKeyscoreを提供する一方で、「ターゲット・トーキョー」という作戦で日本の政治家や大手企業の盗聴を行っていたという。

「それはそうと、おもしろいレポートを見つけたので君にあげよう」

「『アンバランシング攻撃と我が国SNSの現状』？ アンバランシング攻撃って、この間の公判で星野さんが言ってたやつですね。正直、どうかなって思って聞いてたんですけど」

「そのレポートでは君が調べているソシオフォックス社をはじめとするSNS分析専門企業やSNS攻撃ツールの話が載っている。参考になるだろう」

「えっ？ 私以外にも調べている人がいるんですか？ ヤバイ。テーマ変えようかな」

「今さら変えられたら、ワシも困るからやめてくれ。それを書いた人物は研究者ではないし、発表したのもごくごく少数の会だ。安心していい」

「よかった。こんなマイナーなテーマで誰かとバッティングしたら目も当てられないところです。でも、そもそも何者なんですか？」

「もとはうちのゼミ生だよ。途中で他の大学に編入した。今はどこかのIT企業に勤めている」

「へえ、仕事しながら趣味でこんなレポートを書いているんですか？ 変わった方ですね」

「死ぬまで青臭いままでいたいそうだ。無期限のモラトリアムを楽しみたい山崎くんとは気が合うんじゃないかな。ちなみに《声の盾》のメンバーでもある」

「いやいや、無期限のモラトリアムなんて滅相もない。それは世間も親も許してくれません」

麻紀子が首を横に振ると南方は苦笑した。

「石倉くんというんだ。レポートのコピーを後で送っておく」

石倉と聞いて驚いた。ツイッターで公開法廷の批判をしていた人物と同じ名前だ。後で南方から送られてきたレポートに書かれていたツイッターアカウントで同一人物だとわかった。会ってみたくなる。

＊

調布市郊外にある天網計画社のオフィスで奇妙な組み合わせの三人が会議を行っていた。真新しい会議室は白と黒で統一され、とりたてて目を引くものがないのにどことなく高級感を漂わせている。大きな黒い円卓を囲んで、相撲取りのように大きな身体の男、白髪まじりの初老の男、二十代後半と思われる短い黒髪の女が壁のスクリーンに投影されたシートをじっと見ている。三人ともかっちりしたダークスーツに身を包んでいる。

「すみません！　遅れちゃいました」

そこに長身のひょろっとしたメガネの男が飛び込んでくる。Tシャツにジーンズというラフなスタイルだ。

「今度、遅れたら殴ってもいい？」

巨体がくすくす笑いながら言うと、メガネの男は思いきり頭を下げ、「いや、次は遅刻しませんって」と言いながら席についた。

「報告して」

女が冷たい声でつぶやくと、メガネの男は卓上のキーボードを操作し、画面にチャートを表示した。

「全て予定通りです」

◉ダークウェブに政府批判サイト設置（済）
◉ソシオフォックス社のプレスリリースと警視庁事前捜査特別班情報のリーク（済）
◉事件を配信者祭化し、メタ犯人になりたがる傾向の配信者を動かす（済）
◉ヒュドラのドキュメントに開発者を実名で明記（済）

「目端《めはし》の利く雑魚《ざこ》は網でさらっておけそうだ」

女が腕組みすると、横の巨体がうなずく。

「デジタル隣組の威力をさっそく発揮してもらおう。楽しみだなあ。日本人ってお金ももらえないのに、隣近所を勝手に詮索《せんさく》するのが大好きだから、この制度は我ながらほんとに素敵だと思うなあ。ポイントもらえて検事や弁護人になりやすいなんて最高」

「嬉々として密告するなんて唾棄《だき》すべきタイプの人間です。そんな連中にかかわりたくない」

初老の男が独り言のように漏らす。

「いいじゃないですか。日本の八割以上は取り替えのきくダメな連中ばっかりなんだから、そこにターゲットを絞った制度ですよ。楽しいなあ。圧倒的多数による衆愚司法」

「え？　社会がよくなるって言ってませんでしたっけ？」

メガネの男が驚いた顔をする。

「よくなるよ。国際競争力や発言力は増大するだろうね。でもそのへんって圧倒的多数の国民には還元されないんだよね。社会全体は豊かになるけど、富と権力は一部に偏る。日本の伝統的な管理スタイル。日本では管理と搾取が同義語だからね。なんでみんなが日本の外に出ないのか不思議になるけど、国体を自己犠牲で支えるのが国民の喜びなんだろうなあ。そういう意味では日本はいい国。これからもっといい国になる」

「思い切りディストピアなこと言ってるじゃないですか。誰もが幸福になる社会にならないんですか？」

「幸福は個々人の価値観による。我々がやっているのは隷属し搾取されることが幸福だという価値観の再構築、日本型幸福社会の実現に他ならない」

女がそう言うと、画面が切り替わった。

「〝撒き餌〟に反応した個人および団体の一覧です。公開法廷でひとつずつつぶしてゆきます」

女は画面に表示された一覧を指さす。

「もう半分くらいは潰れてるなあ。えらいえらい。いいペースだよ」

「お褒めにあずかり恐縮です。皮肉ではないですよね」

「訊き返さないでほしいなあ。僕はいつだって本音を言ってるんだけどね」

巨体はそう言うと、手元のマウスをクリックする。団体一覧が投映されている横の壁に、黒いスーツの男の動画が現れた。

「司法省内部で新制度の素案がまとまりました。人事と研究事業は先行して開始し、立法化は来年度の予定です」

淡々とした口調で報告する。

「それが終われば公開法廷プロジェクトの第一期は終了ですね」

「そうです。その後は第一期の運用状況を確認しつつ、第二期の準備を始めます。第二期は内閣官房主導になるでしょう」

「すごいなあ。国民の国民による国民のための社会が実現する。そういう時代に立ち会えたことは無上の悦びだなあ」

巨体が大げさに両手を広げて見せる。

「底辺出身の僕には悪夢にしか思えないですけどね」

「なに言ってる。新しい世界に生きるための価値観を身につけた方がいいよ。さもないと永遠に搾取される幸福という名の地獄行きだもん」

巨体が楽しそうに身体をゆすると、傍らの女がうなずく。

「わざわざ古谷野を引っ張ってきて、汎用事前捜査ネットワークを構築したかいがありました。本人は使い物にならないクズですが、発想だけは使えるからそれをプロに渡して作りました。手間はかかりましたが、成果は素晴らしい」

女はそう言って立ち上がると初老の男がにらむ。メガネはおどおどと女と初老の男に交互に目をやり、巨体は笑顔で立ち上がる。

「時間です。ラボに移動して新システムのテストに立ち会いましょう」

女にうながされて全員が立ち上がった。

*

中間チェックも終わったので、早めに帰って家で一眠りしようと麻紀子が研究室棟を出てキャンパスを歩いていると、吉永がおおげさに手を振って駆け寄ってきた。

「今日はもう帰るんですか？」

「うん。やることやったからね。吉永くんは卒論指導？　教授なら研究室にいるよ」

「いえ、教務課に提出してきたところです。おかげさまで無事に終わりました。ありがとうございました」

「そうなんだ。おめでとう。お礼なんかいいわよ。だってなにもしてないんだもん」

その時、ふと古谷野肇のことを思い出した。吉永なら裏の事情も知っているかもしれない。

「天網計画社の社長の古谷野肇さんのことって知ってる？『サイバー空間はミステリを殺す』とか言ってミステリに復讐するって言った人」

「あ、それ有名な話ですよ。ネタになってるくらい」

「そうなんだ。全然知らなくて検索で見つけてびっくりしちゃった」

「一時期、テレビ番組で古谷野社長とミステリ作家をケンカさせるのが流行ってましたからね。みんな飽きたらしくてもう見かけませんけど」

「復讐のために天網計画社を作ったってほんとにそうなんだ。じゃあ、復讐をとげたらやめちゃうの？」

「復讐はもう終わったって話ですよ。だって、ミステリで一億部売れる本なんてないじゃないですか。公開法廷は毎回の公判に一億人が参加するんです。小説にネットのリアルが勝った証拠でしょう」

「そういえばそうか……ミステリっていうか、そもそも本は出版不況だもんね。一億人獲得したら、余裕で勝利宣言できそう。本も全部で一千万部以上売れたみたいだし」

「あるテレビ局の企画で人気のある若手推理作家が公開法廷の検事や弁護人をやるっていうのがあったんです。天網計画社というか古谷野社長は最初渋っていたんですけど、後から積極的に勧めだしてその企画は実現したんです。でも、大変なことになったんですよ」

「私も観た。作家軍団がぼろぼろに負けて、すごくバッシングされたんだよね。あれはびっくりした」

推理作家が負けた結果にも驚いたが、一番驚いたのは本当の事件の検事や弁護人を小説家にやらせたことだ。いくら人工知能のアシストがあるとはいえ、あまりにも被告の人権を軽んじている。

「事情を知ってる人なら、やる前から結果はわかっていたはずなんです。公開法廷ではクランがなければ勝てませんもん。いくら人気がある作家でも売れた本の数って百万部とか数十万部でしょう？　一億人の陪審員の中で多数派にはなれないです。それにあまり言いたくはないんですけど、フェイクニュースもかなり出ましたしね」

「フェイクニュース？　なんとかっていう作家が放送局のディレクターに他の検事の仮説を事前に教えてくれなきゃ番組を降りるって言ったとかって話？　あれやっぱりフェイクだったんだ」

「まさか信じてたんですか？　まあフェイクニュースに比べて、その訂正記事の閲覧数は十分の一以下だそうなんでしょうがないですけど。でも、あれで古谷野さんの復讐は終わったんじゃないですかね。途中から乗り気になったのは復讐の手段として使えると思いついたからだって話ですし」

「怖いなあ」

「あれ以後、テレビ出演していないし、事業は続けてるけど、古谷野社長自身はもう現場からは離れているそうです」

「ふーん。なんかあっけないね。私や教授があれほど陰謀だって話してたのに」

「陰謀論？　ああ、警察や政府がなにかたくらんでいるって話ですか？　陰謀といえばフェイクニュースを古谷野社長が仕掛けていたって話もありました」

「社長が？　まあ、確かにフェイクニュースがうまく拡散してくれれば小説家たちは不利になるわね」

「拡散もクランをうまく使えば簡単です」

古谷野は本当に復讐を終えて引退したのだろうか？　今の状況は確かに復讐を終えているように思える。では、今の公開法廷は誰がなんのために運営しているのだ？

「でも、ファンとしてはほっとしましたよ。だって、復讐のためとかって社長が言ってたら、突然会社がおかしなことになったり、不祥事起こしたりしそうですけど、その心配がなくなりましたからね」

「じゃあ、吉永くんは今の天網計画社は普通の会社だと思うわけ？」

「規模の大きさを考えると普通とは言えないでしょうけど、陰謀論のネタになるような会社じゃないと思いますよ。だって警察とからんでるんですよ」

「そこが私は不安なんだけど。警察が公開法廷を使って国民を監視してたりしないのかなあ」

「え？　警察が？　ああー、最近流行の政府の監視活動とかってヤツですね。だったらあんな回りくどいことしないで、アプリそのものに利用者の情報や通信内容を盗み出す仕掛けを入れとけばいいじゃないですか」

「ああ、そうか。言われてみればそうね。そうやった方が監視は簡単だ」

確かに吉永の言う通りだ。なぜ、そんな当たり前のことに気がつかなかったのか、自分自身にあきれた。やはり公開法廷は国家的な陰謀とは関係がなくて、あくまで古谷野肇というミステリ作家のなれの果ての復讐に過ぎなかったのだろうか。

吉永と別れて家に向かう道すがら、麻紀子は石倉のことを考えた。会おうと思っていたが、もし天網計画社の目的が文壇への復讐なら会う目的はなくなってしまう。その一方で自分はこういう結果を待っていたのではないかという気もした。これ以上陰謀論に深入りしてしまうと、戻れないところまで行きそうな気がしたのだ。トンデモ陰謀論がトンデモではなかったら、踏み入れてはいけない裏の世界に踏み込んだことになってしまうからだ。だから、「ドラマじゃあるまいし、そんなことあるわけない」というオチは一安心だ。

しかし、ここで石倉との面談をキャンセルするのももったいない。なにがもったいないかわからないが、せっかく自分と異なるアプローチで似たようなテーマを考えている人間に会えるチャンスだ。論文の参考にするために会っておく価値はある。それに「永遠のモラトリアム」と言う青臭い人間にも興味ある。麻紀子は歩きながらスマホで石倉宛の挨拶と情報交換のお願いメールを送った。説明が長くなるので南方のことは書かず、いつもネットで意見交換している延長でメールした。

麻紀子は家に戻るとテレビを付けっぱなしにして論文の整理を始めた。音がしないと落ち着かないという性分のせいだ。たいていは音楽をかけっぱなしにしているが、その日はテレビをつけっぱなしにしていた。「公開法廷」という言葉が出てきて、思わず手が止まる。画面にテロップで、「公開法廷スパムアカウント一斉摘発」と表示されている。なにごとかと思う。

「本日午後、公開法廷を運営する天網計画社は、なりすましアカウントおよそ二万のリストを運営会社であるツイッター社、フェイスブック社ならびに警視庁に提出したと発表しました。同社によればこれらのアカウントは、ユーザーや業者が特定の検事や弁護人といったプレイヤーを有利にするようなフェイクニュースを量産し拡散していたとのことです」

デジタル隣組の成果なのかと麻紀子は驚いた。あの制度が導入されてから、まだ一か月しか経っていない。あれで二万ものアカウントが見つかるなんて信じられない。とっさにそう思ったただが、よく考えてみると陪審員は一億人、隣組は一千万組以上ある。二万というのはたったの〇・〇二パーセントにも満たない。

むしろ驚くべきは莫大な数の告発を迅速に処理して、二万件のアカウント停止まで行った運営側の素早さだろう。天網計画社はそんなに大きな会社ではないはずだから、おそらくなんらかのシステムを使ったはずだ。投稿を監視し、告発内容と照らし合わせて、スパムかどうかを判断するシステムがある。隣組制度は思った以上に時間をかけて準備されたものなのかもしれない。そうではなければこんなことはできない。

テレビの画面が切り替わり、キャスターを中心に数名のコメンテーターが並んでいるスタジオに変わった。その中に、「山岡秋声」という名前を見つけて麻紀子は愕然とした。驚いたのは麻紀子だけではなかった。日本中が一斉に反応した。ＳＮＳはその濁流であふれた。

――公開法廷の山岡秋声さんがニュース番組のゲストとして出演中。今回の一斉摘発について解説するそうです。みんな、必ず観よう！

――とうとう公開法廷の検事がリアルの専門家と並んでコメンテーターになる時代になった。みんなで応援しよう。

おそらく数百万人の山岡クランのメンバーが次々と情報を広め、それをさらにクラン以外の人間も流しているのだろう。クランメンバーにはあらかじめ情報を流していたに違いない。公開法廷の検事も判決も偏っていると感じている麻紀子には不安しかない。リアルの世界で公開法廷の屁理屈がまかり通ってしまったら滅茶苦茶になる。

「本日は公開法廷の名検事として数々の事件を解決に導いてきた山岡秋声さんにお越しいただいています。山岡さんは先日公開法廷の運営会社である天網計画社に入社なさったそうで、検事と社員を兼任なさっています」

社員!? また驚く。吉永は検事や弁護人から社員になる道もあると言っていたが、本当だったのだ。テレビから目が離せなくなった。局の思う壺だが、しょうがない。

「山岡さん、今回のスパムアカウント一斉摘発はものすごい数を一度に処分しましたね。大変だったんじゃありませんか?」

キャスターの問いかけに、山岡は余裕の表情でうなずく。整った顔に中肉中背。公判での印象に比べると、普通の人という感じだ。

「私どもも準備や実施にかなりの力を割きましたが、それにも増して利用者のみなさんがデジタル隣組を通じて手伝ってくださったことが大きかったです。むしろ、利用者のみなさんの方が大変だったと思います」

落ち着いた声で答えた。公判の時の声優の声とは違うが、似ているため違和感はない。

「具体的には、摘発されたアカウントはなにをしていたんでしょう?」

「公開法廷が始まると、デマがたくさん流れます。フェイクニュースと私どもは呼んでいるんですが、本物かニセモノかわからない巧妙なものも少なくありません。今回摘発したアカウントはフェイクニュースを発信し、拡散していました。デジタル隣組の告発と、過去のログの分析からこれらのアカウントを特定しました」

「素人考えで恐縮ですが、普通の利用者とスパムアカウントは見分けることができるんでしょうか？　ずっとデマばかり投稿していたらわかりますが、そういうわけではないんですよね？」

「一見すると普通のアカウントに見えるように偽装していることが多いです。アカウントごとに人物設定があって、その設定に沿った発言をしています。だから判別するのは難しいのですが、デジタル隣組制度はとても効果的でした。なにしろ身近に接している人が最初に怪しいアカウントに気がついて通報してくださるわけなので、統計的に一律に処理するよりも確度が高いです。それから当社で過去のログを調査して裏付けを取った上でスパムかどうかを最終的に判断しました」

「やっぱりかなり手間がかかるものなんですね」

「はい。ただ、これはサービスの品質を維持するための重要なものだと考えていますので、これからも続けてゆきます」

「それって、やろうと思えば気に入らないアカウントを根拠なしに通報できるんですよね？　そうしたらどうなるんです？」

山岡の隣に腰掛けていた大学教授らしい女性のコメンテーターが問いかけた。

「通報を受けてからこちらで過去のログから発言内容をチェックするなどの確認作業を行います。あと、実はブラックリストというのがあります。さきほど当社自身もスパムアカウントを見つけているという話をしましたが、デマを繰り返し流してたり、拡散したりしているアカウントをリストアップしています。そのリストと突き合わせて、そこにもあるようならかなり怪しいということになり、優先的に詳細な調査を行っています」

「ブラックリスト？　そんなものあるんだ。みんな、知ってた？」

女性がおおげさに周囲を見回す。

「私も初めてうかがいました。自分がそこに登録されているというのはわかるものですか？」

「いえ、あくまで確認の途中のリストですので公開していません。ただ、これがあるおかげでデジタル隣組からの通報を迅速に処理できるのです」

「なんだか怖い」

女性がつぶやくと、それを待っていたかのように山岡がすぐに応じる。

「それよりもっと怖いことが起きています。今回摘発したスパムアカウントの一部は、ロシア政府機関のなりすましアカウントである可能性が高いんです」

「ロシア？」

その場の複数のコメンテーターが同時に声を発する。

「はい。ロシアです。ただし、私どもが見つけたわけではありません。ソシオフォックス社の分析です。ソシオフォックス社は二か月前に日本国内で起きたある事件に関連してロシア政府機関のなりすましアカウントがデマや騒ぎを扇動する発言を行っていることを暴露しました。当社はそのリストを入手し、そこで使われていたアカウントが公開法廷に関するフェイクニュースを流して拡散していたことを確認しました。まさか法廷が国際諜報戦の舞台になるとは思いませんでした」

山岡の言葉にさらにコメンテーターたちが驚きの声をあげる。

「ロシアですか？　そういえばアメリカ大統領選挙でもロシアがなにかしたと報道されていましたが、まさか日本で、しかも公開法廷にですか？」

初老の評論家という肩書きのコメンテーターが山岡に質問する。

「スパムアカウントを利用したＳＮＳ世論操作は十年以上前から行われており、その影響は深刻です。二〇一五年、欧州安全保障協力機構は、ロシアがＥＵとウクライナの関係を悪化させるためにフェイクニュースを利用しているという分析結果を発表し、ＥＵはロシアのフェイクニュースに対抗するための組織《East StratCom Team》を発足させました。ヨーロッパにおいて、それほどに大きな問題になっているのです。日本も二〇一三年にネット上の選挙活動が解禁されて以降はターゲットになっていた可能性があります。これまでは誰もきちんと分析していなかったので、見つかりませんでしたが、今後はそうはいかないでしょう。ハッキングによるアカウントの乗っ取り、SNSを利用したフェイクニュースの拡散、フェイクニュースの量産。この三つを組み合わせてロシアは実行していると考えられています。もちろんロシア側が正式に認めたわけではなく、あくまで調査の結果、そのように推定したということですが。この手法は公開法廷のスパムアカウントがやっていることと全く同じです」

「ええー、そんなことになってるなんて……日本ヤバイじゃん」

さきほどの女性があきれたようにうなる。

「失礼ですが、ロシアのお話はかなり信憑性があるものなんですか？」

キャスターがおそるおそるといった様子で訊ねる。

「少なくともEUやアメリカでは、それを前提とした調査や対策が行われています。日本に関してはまだ憶測の域を出ません」

「しかしそのスパムが有効なのはEUやアメリカではSNS世論操作が暴動やテロに結びつきやすいからだと思います。日本では暴動やテロの可能性は少ないので、世論操作を仕掛ける意味がないんじゃないでしょうか？」

評論家が訝しげな口調で訊ねると、山岡はかすかに笑ったように見えた。

「日本でだって暴動やテロは発生します」

口調は穏やかだったが、明確に言い切った。

「なぜ断言できるんですか？」

「断言できます。考えてみてください。社会に不満を持った人間あるいは絶望した人間が破壊的な行為に手を出すようになり、それがネットと結びついたら、そこから暴動やテロになるのは時間の問題です。たとえばＩＳＩＳは日本では宗教的な側面が強く認識されていて、それはそれで間違ってはいないんですが、アメリカの一部の人にとっては、社会に見捨てられ絶望した人々がすがるシンボルになっています。だからあれだけ多くのフォロワーをネットで獲得し、その中から無差別殺人事件を起こす人間も現れるわけです。日本にも社会に見捨てられ絶望した人々がいて、その中から無差別殺人事件を起こした人もいます。ネットで感化されてそういった行動に走る人はこれからも増え続けるでしょう。オウム真理教があんな事件を起こすまでは多くの人が大規模なテロ事件は日本では起きないと思っていたし、おそらく今も起きないと信じている。本当はいつ起きてもおかしくないのです。過去に起きたことなんですから、これからも起きる可能性があります。先だってネキャスの配信者が〝メディアテロ〟の計画、実行で逮捕され、有罪になりました。彼らはまさしく社会に見捨てられた層の人間です」

この論調だと、デジタル隣組は治安維持に役立つということだ。政府から見ればかつて日本にあった隣組と同じように利用できる。ＳＮＳやフェイクニュースが治安に大きな影響を与えるようになってきた以上、こうした仕組みはいずれ公的な組織になるのかもしれない。

それにしても公開法廷は、ここまで政治的に踏み込んでくるのかと驚く。古谷野肇の当初の目論見とはだいぶ違う。やはりなにか陰謀めいたものを感じるのだが、誰がなんのために仕掛けているのかがよくわからない。やはり警察や政府なのだろうか？

麻紀子はぼんやりと考え、嫌だな、と首を振った。やはり、デジタル隣組は好きになれない。自分は他人を監視するのも嫌だし、監視されるのも嫌だ。それが国の治安の維持のためと言われてもやる気にはなれない。

＊

石倉は自分のワンルームマンションで、木崎のことをぼんやりと考えていた。やはり《声の盾》あるいは市民団体を狙い撃ちしたのではないか、木崎は見せしめにされたのではないかという疑惑をぬぐえない。だが、自分にできることは限られている上に、《声の盾》も判決の影響で組織的な動きができる状態ではない。山崎麻紀子にくっついて、天網計画社を調査するくらいしかできることがない。

ふと思い立って事前に山崎麻紀子という人物について調査しておくことにした。この状況では誰も信用できない。南方宗一郎が指導教授と知って少なからず驚くとともに懐かしさがこみ上げてきた。付き合いは一年くらいで途中で他の大学に移籍してしまったが、南方の茶目っ気のある独特の指導は印象深かった。それに恐ろしいほど博識だ。石倉の記憶にある南方は信頼のおける頼りになる人物だ。

その指導を受けている山崎のことも信用してしまいそうになるが、恩師と弟子は別の人格だと思い直す。ネットでざっと調べた範囲では特に怪しい点は見当たらない。本人が言っているような内容の本人名義の論文や記事も見つかった。公開法廷や天網計画社との接点もなさそうだ。

ネットサーフィンしながらSNSに目をやると、山岡秋声がテレビ出演しているという情報が流れてきた。まさかと思って、あわててテレビをつけると「山岡秋声」という名札が飛び込んできた。

これが山岡秋声なのか……しばしじっと見つめる。これといって大きな特徴のない男だ。あの粗雑な論理で世論を巻き込む危険な男には見えない。いたってまっとうな好青年だ。公開法廷と天網計画社の看板を背負っての登場だから、一般受けがよいような風体にしているのだろう。服装や髪型、メイクで印象はいくらでも変えられる。

なかなか変えられないのは物腰、態度、言葉使いだが、公開法廷で鍛えられているからそれも問題ない。公判での過剰にアグレッシブな姿勢をマイルドにしているくらいだ。

山岡秋声はもともと公開法廷お抱えの検事だったようなものだから、天網計画社への入社もさして驚かなかった。しかし番組が進むにつれて石倉は不安を覚えた。山岡秋声は日本でクーデターが起こりうると断言している。以前、会社のラボの土田と話したことが頭に蘇る。今の日本のSNSの状況は暴動が起きても不思議はない。誰かが意図的に仕掛ければクーデターだって不可能ではない。あえて革命や暴動と言わないのは予告のつもりなのかもしれない。天網計画社は日本でクーデターを起こす核になるとでも言いたいのか？

公開法廷で有罪となった木崎は上告を諦めた。公開法廷に引き出されて有罪となった以上、仮に上告して無罪となっても社会復帰は難しい。上告しても再び有罪となる可能性も高い。少しでも刑期を短くするための苦渋の決断だった。これで木崎はこれからの人生の半分くらいを刑務所で過ごすことになる。これまでもこれからも公開法廷は木崎のような犠牲者を生みだすだろう。

デジタル隣組とSNS監視の力を一手に握っているのが公開法廷であり、天網計画社だ。政府もテロ等準備罪の適用を正当化するために急ごしらえで作った組織がここまで肥大化するとは考えていなかったのではないか？

すると仕掛けているのは政府ではなく天網計画社……

その時、目の端に気になるものが見えた。


――司法省は公開法廷の弁護人および検事のための教育機関と試験制度を来年から開始すると発表しました。法律や判例に関する知識と経験を人工知能が肩代わりする時代になり、司法関係者に求められる技能が変化しました。今回の教育機関と試験制度はその変化に対応するもので、従来の司法試験などの制度と並行して行われます。また、公開法廷、正式には国民投票裁判の弁護人と検事向けの公的な認定制度に関する法案を与党は国会に提出しました。

寒気がした。公開法廷で弁護人や検事を名乗っている素人が公的なものになる？　政府は公開法廷を完全に司法制度の中に組み込むつもりだ。ニュースでは教育機関と試験の運営は天網計画社が担当すると伝えていた。天網計画社のしていることはどこまでが政府の意図なのだろう。デジタル隣組やSNS監視までがそうだとしたら、天網計画社はまるで公安ではないか。裁判所を抱えた公安……悪夢でしかない。

石倉は新着のメールに気づいた。差出人は、天網計画社だ。なぜ？　どうやって？　と思ったが、石倉も陪審員のひとりである以上、公開法廷の運営主体天網計画社がメールアドレスや名前を知っていても不思議ではない。ぞっとする話だが。

——来年から始まる公開司法研修と公開法廷試験の先立ち、研修所がオープンしました。記念のお披露目のイベントを開催いたします。公開法廷関係者と報道機関の方、高ポイントの一般陪審員の方をお招きする予定ですが、一般陪審員からも抽選でご招待することになりました。勝手ながら抽選を行った結果、石倉さまが選ばれました。参加していただける場合は、指定の連絡フォームへの記入をお願いします。折り返し、正式な招待状と詳細をお送りいたします。

すぐに頭に浮かんだのは罠だ。石倉は《声の盾》のメンバーであり、公開法廷や天網計画社のことを調べているのはすでにわかっているだろう。政府のSNS監視を警告する発表は学生時代から続けている。おびきだして、なにをするつもりなのだろう？　逮捕するつもりなら、適当な理由をこじつけてできるだろう。わざわざ会に呼び出して逮捕すれば見せしめにはなるだろうが、会の雰囲気は台無しになりそうだ。

＊

麻紀子の元に天網計画社からのメールが届いた。もしかして石倉や南方にも届いているのではないか？　そう思って南方に連絡してみると来ていないという。石倉からは、「来ました。罠かもしれません」という返事が来た。

大いにあり得る話だ。邪魔そうな人間を選びイベントに呼び出して公衆の面前で逮捕する。公開逮捕ショーから公開法廷ショーに続く、エンターテインメント司法。できれば登場人物にはなりたくない。「行かないですよね？」と確認のために訊ねると、「まだ決めていません」と返事が来たので驚いた。

罠と決まったわけではないが、もしそうだった時は致命的だ。逃げることはできないし、逃げたとしても日本国中の警察から追われることになる。なんの容疑で逮捕されるかわからないが、安っぽいドラマのような動機が付けられるだろう。せめて政治的、思想的なものにしてほしい。悲しすぎる。

石倉は自分と比べてかなりアグレッシブだ。《声の盾》の活動もしているし、仕事をしながら研究も続けている。その姿勢と努力には頭が下がるが、自分はまだ平凡にまぎれて安穏としていたい。そんなことを考えていたら、石倉からメッセージが届いた。

――僕は行こうと思います。一緒に行きませんか？

なぜ？　そんな危険なところに乗り込むなんてどういうつもりなんだろう？

――私は遠慮しておきます。だって危険ですよ。石倉さんだって罠かもしれないって言ってたじゃないですか。

――そうですけど、チャンスでもあります。山岡秋声をはじめとする中核メンバーに会えるんです。なにか手がかりがつかめるかもしれません。司法省からも人が来るんですよ。

――敵の中に飛び込むなんて怖くないんですか？　行ったとしてもえらい人たちの顔を見ることはできても、ああいう人たちは忙しくて話せないと思います。

――しかし……

石倉の決意は固いようだった。麻紀子もなにか危険なことが進んでいるのはわかる。黒くて深くて日本を変えようとするものだ。なにかしなければならないという気持ちと、なんで自分が？という気持ちがある。日本の未来のための犠牲になるのは立派だと思うが、そこまでの覚悟はできない。

ここまでずるずる研究を続けてきたことの罰のような気がした。さっさと普通に就職すればよかったのだ。こんなことを追いかけてきたから、気がついたら天網計画社からメールをもらうほどヤバい沼に足を突っ込んでいた。手遅れにならないうちに足を抜きたい。

石倉は最後に一度お目にかかって相談したいと書いていた。

麻紀子が眠れずに、うだうだ考えていると、石倉からメールが届いた。彼の置かれている立場のくわしい説明だった。

《声の盾》は内部崩壊が進んでおり、天網計画社にかかわるどころではなくなったと書いてあった。公開法廷で幹部が有罪判決を受けた影響は麻紀子の想像よりもはるかに大きかったらしい。ただし石倉本人は公開法廷に強い危惧を抱いているので危険とわかっていても今回の誘いに乗りたいのだと説明していた。

《声の盾》はそれなりに大きな市民団体だ。ニュースで取り上げられることも少なくない。それがこんなにあっさり崩壊した。あらためて公開法廷の影響力の強さに驚く。やはり石倉と行くべきのような気がしてきた。しかし怖いことは怖い。

その時、ふと南方の顔が浮かんで来た。南方ならよいアドバイスをくれそうな気がする。そう思った時には、スマホに手を伸ばして電話をかけていた。時計を見ると九時を回っている。失礼だったかもしれないと後悔した時には、すでに呼び出し音が響いていた。

「夜分に失礼します。山崎です」

二コールで南方が出た。

「おやおや、これはまたどうしたね。君が電話してくるとは珍しい」

屈託のない南方の声が聞こえた。

「あのですね。石倉さんからメールをもらいまして。いや、メールはちょくちょくやりとりしているんですけど」

「山崎くんも意外と発展家だったようだ。小生はもっと奥手と思っていた」

「全然違います」

南方の軽口で緊張がほぐれた。

「今度、例の会の招待が彼のところにも来ていて一緒に行こうと誘われてるんですけど、いろいろ心配になってきちゃって」

「なにが心配なのかね？」

「これ以上このテーマに踏み込むと、ヤバいんじゃないかなって」

「なるほど、ちょうどいい。可能であるなら、小生のいる場所まで来ないかね？　マダムシルクというバーだ。昼間はカフェとして営業しておる。場所はわかるだろう？　おもしろい人物と一緒だ。もしかすると君の恐れも解消されるかもしれない」

少し離れたところで、「ご期待に添えるかどうかわかりませんよ」という声が聞こえた。

麻紀子は、行きますと短く答えて通話を終える。

南方とは大学帰りに何度も飲んだことがあるが、こんな時間に呼び出されるのは初めてだ。しかも誰かを紹介するという。かすかに聞こえた声は男性のものだった。まさか院に入って以来彼氏のいない自分のために男性を紹介してくれるというわけではあるまい。そんなことはないだろうと思いつつも、一通り化粧をし、髪を整えた。

指定されたのは大学に近い繁華街のはずれにあるバーだった。気の置けない雰囲気で何度か南方と入ったことがある。麻紀子のマンションから歩いて行ける。夜とはいえ、この辺りは街灯とネオンでえらく明るい。


人を拒絶するような仄暗い階段を下り、真っ黒な扉を押すと、中も同じく昏かった。外の通りの方が明るいくらいだ。黒を基調とした内装だから店全体が闇の底に沈んでいるように見える。古い映画や演劇のポスターが壁に貼られ、アンティークな人形や小物が飾られた異空間。

「いらっしゃいませ。先生なら、あそこ」

カウンターの向こうからママが教えてくれた。南方と見知らぬ巨軀が隅のボックス席で話し込んでいた。うっすらと紫煙が漂い、麻紀子は南方が電子タバコではなくタバコをくゆらせているのに気がついた。

「おお、すまないね。急に呼び出したりして」

麻紀子は南方の席に向かう。南方の向かいに腰掛けていた巨体が麻紀子に顔を向けた。立ち上がって名刺交換するのかもしれないと麻紀子は座らずに立ったままでいる。

「山崎くん、紹介しよう……」

と相手の名前を言いかけた南方を男が遮った。

「先生、とりあえず〝名無し〟でお願いします。先生のお話では、山崎さんは怖い研究をなさっているようですからね」

そう言うと凄みのある笑みを浮かべた。肉食獣だ。これだけ身体が大きい人間を見るのは初めてかもしれない。同じ人類とは思えないくらいに大きい。それに迫力がある。年齢は三十代後半か四十代だろう。マッチョの中年男。間違っても自分の相手として紹介されるはずのないクラスタだ。

「あの。全く話が見えないのですが、とりあえず南方教授にご指導いただいている院生の山崎と申します」

しかし、〝名無し〟はいかにも失礼だ。麻紀子は慇懃に自分の名刺を両手で差し出す。

「僕も先生に指導していただいてるんですよ。〝名無し〟です」

相手は全く意に介さない様子で、座ったまま麻紀子の名刺を片手で受け取る。

「〝名無し〟は名乗るべき名前じゃないですけどね」

麻紀子は皮肉で返し、南方の横に腰掛け、「ビールをください」とカウンターのママに声をかける。

「君の研究テーマに極めて近いところで動いている人物とまでは言っておこう」

南方が取りなすように割って入った。

「以前から時々先生のご意見を拝聴にうかがっていたんです。全く違う角度からの意見が聞けるのでとても貴重です」

〝名無し〟は、にやにやしている。いけ好かない笑顔。麻紀子は会心の一撃を見舞ってやりたくなった。

「どんなお話でしょう?」

「今の日本における虚構と現実です。というか、すでに虚構も現実の一部なんですけどね。日本社会は世界にさきがけて虚構司法や虚構政治を始めていますからね」

「おっしゃることがよくわかりません。いわゆる〝虚構内存在〟や〝超虚構〟のお話でしょうか?　そちらはあまりくわしくないんです。不勉強ですみません」

『虚構内存在』は評論家藤田直哉の著作であり、筒井康隆というSF作家の作品論を通して現代社会における虚構と存在について論じている。麻紀子もぼんやりと内容は知っていたが、プロレスラーのような男の口から出ると違和感がある。

「学生は未熟だから学ぶわけで、未熟という自覚があるのはいいことです。僕なんかなんでもわかっちゃって、未熟という自覚を持ちたくても持てないから、うらやましいですよ。日々、学習して研究するってことは、毎日自分の未熟さと向かい合うわけですよね。自虐的なんですかね。わからないなあ」

〝名無し〟が愉快そうに笑う。バカにされたような気がして、麻紀子はむっとする。

「先生、この人、失礼じゃありませんか？」

「山崎くんもたいがいなので、痛み分けというところのように思える」

南方は鷹揚に笑った。

「こういう風にさらっと受け流すのが正しい大人の対応です」

男は上から目線で口角を上げる。

「あなたには言われたくありません」

麻紀子がむっとして、運ばれてきたビールを口にする。

「二〇一六年、ドイツで難民のロシア系の少女が集団レイプされた事件があって、政府に対するデモが起きた話は知ってますか？」

〝名無し〟は手元のグラスを空けると、「おかわり」と告げる。かすかに桜餅の匂いがしたので、ズブロッカだとわかった。

「いえ。突然なんの話です？」

「その事件はデマだったんです。それをロシアが大きく取り上げて、デモにまで発展させた。ロシアの得意なフェイクニュースによる攪乱ですね。ロシアのフェイクニュースは、十年以上前からサンクトペテルブルクにあるインターネット研究局（Internet Research Agency）が中心となって仕掛けています。もともとは国内や旧ソ連だった他国に対して、二〇〇三年頃から発信しはじめてたんですよね。それから、徐々にEUやアメリカに対しても仕掛けるようになった。二〇一一年にはアメリカで化学工場の爆発やエボラ出血熱のフェイクニュースをばらまきました。山崎さんはロシアがアメリカの黒人人権活動になりすましアカウントで介入していたことは調べたんですよね」

「先生に聞いたんですね」

「うん。彼はこの分野でもっともノウハウを持っている人物と言えるかもしれない。意見を訊いておこうと思ってね」

南方の言葉に麻紀子は目を見開いた。目の前の肉体派がそんな風には見えない。しかし、ロシアのインターネット研究局の話は麻紀子も知らなかった。この分野の知識量は確かに多そうだ。

「僕はとても心配しているんです。日本が他の国からいいようにSNSで世論操作されてしまうんじゃないかってね。まあ、すでにそうなっているって感じもしますけどね」

「公開法廷の検事がニュース番組のゲストで出演して視聴者が大喜びさせるのも、法廷を利用した世論操作のように見えます。SNS世論操作は一義的には、その国の政府が国内世論を誘導するために用いられます。対外的な攻撃は二義的なものです」

麻紀子はバラエティ番組に出演していた山岡秋声の姿を思い出した。

「公開法廷はおもちゃみたいなものですから、おおげさに問題視するのもよくないと思うんですよね。現代戦においてフェイクニュースは効果的な武器のひとつだから公開法廷とは次元が違うんじゃないかなあ」

「フェイクニュースって兵器なんですか？　諜報作戦の一部と思ってました」

「現代戦においてあらゆる活動は戦闘行為になり得るって常識だと思ってたんだけど、そうでもないんですねえ。山崎さんほどの才媛が『超限戦』を読んでいなかったとは、がっかりだなあ」

〝名無し〟は小馬鹿にしたような目つきで麻紀子を見た。頭に血が上る。

「素人で悪かったですね。なんでも戦闘行為になるんですか。寡聞にして存じませんでした。ご教示いただき恐縮です」

「よくいるんですよね、怒ると言葉使いが丁寧になる人。寡聞なんて言葉は百年ぶりくらいに聞きましたよ。経済も文化もサイバーもみんな戦闘行為、兵器として使えます。現代は汎戦争時代であり、もはや開戦や終戦という概念はありません。どの国も存在しているだけで戦火のまっただ中にあるんですよね。今どき真面目に旧世代の武器の利用に関する改憲論争をしてる日本の政治家や活動家の人たちって、ファンタジー世界の住人としか思えない。戦争したいなら、経済でもサイバーでもすぐに始められるのにねえ」

「汎戦争時代？　じゃあ、今は戦時下ってことですか？」

「戦争状態が特殊だった時代には、戦時下という言葉も使う意味がありましたけど、汎戦争時代では使う意味ないですよね。日常がそのまま戦争なんですもん。経済やサイバーという虚構で戦って、リアルで人が傷つき、死ぬ。すごい時代になったもんですね」

麻紀子はふと思った。この男は南方の情報源なのかもしれないと。

「我らは虚構の迷宮にいるわけだ」

南方がつぶやく。

「先生らしくない詩的な表現」

「サイバー空間はそもそも人工のもの。いかようにでも人間が変えることができる。いわば虚構だ。その虚構の中でさらに虚構を語る者と、その虚構を虚構として批判する者。虚構ではないものを虚構と断じる者が現れる。どれが実態なのかわからなくなる。鏡の迷宮だ。人類は自分が作った迷宮に自分ではまって動けなくなっているわけだ」

南方が続ける。

「いや、ちゃんと動いてます。天網計画社もロシアのインターネット研究局もみんな動いてます」

〝名無し〟が不思議そうに反駁する。

「小生にはしょせん虚構の中の出来事にしか思えない」

「先生だって、公開法廷は社会に影響を与えようとしているっておっしゃってましたよ」

麻紀子も首をかしげる。

「小生は確かにそう言った。でも、あのあと考えたのだ。もしかしたら我々はもはや虚構と現実の区別のない世界に暮らしているのだとね。ならば、ネットを変えれば自動的に社会も変わる。いや、ネットは社会の一部だからイコールなわけだが。現実が変わるというより、虚構が広がってもはや現実は消えた」

「だんだん、わからなくなってきました。じゃあ、公開法廷はこれからどうなるんですか？」

「あのままさらに広がるのだろうね」

「それじゃあ、わかりません」

「あのまま広がればあれが司法の全てになる。我々の社会の基盤をなす金融を考えてみればわかる。全てはデータ化され、虚構を重ねた金融商品が生まれ、それが国家の財政基盤をゆるがす規模になっている。主な金融市場は人工知能の取り引きが主体となり、人知のおよばない速さで取引を繰り返している。いずれ社会の全ての機能が金融のようになる。もはや人類にはなにが起きているか把握できない」

「金融って、そんなことになっているんですか？　でも、全てがそんな風になるなんて気味が悪くありませんか？」

「しかし、我々はもうそういう世界に生きている。ビットコインなどの仮想通貨が金融の主役になればもっとこの傾向は加速する」

　南方の言葉に麻紀子は黙った。

「いやあ。やっぱり先生の話は参考になる。仮想通貨も市場を政府が管理することで既存の枠内には収めますけどね」

〝名無し〟が大きくうなずいて笑った。

「彼らは恐れておるのかもしれないね」

　南方が意味ありげにつぶやくと〝名無し〟が笑いを止めた。

「恐れている？」

「仮想通貨や人工知能……どこからでも攻撃を受ける。いずれも国家基盤を揺るがしかねないものばかりだ。山崎君のことも恐れている。君の研究はものごとの見方を変える。国内外の人々が注目するようなことになれば社会の価値観に影響を与える可能性もある」

「あたしの研究はそんな大げさなものじゃないと思うんですが……」

　それは指導教官である南方が一番よく知っているだろうと思いながら麻紀子は答える。

「まあ、怖いですよね。でも幸いなことに《シビル》のことはご存じない」

〝名無し〟がにやにやする。《シビル》？　誰のことだろう？　質問する前に〝名無し〟は言葉を続けた。

「政府にしてみれば、攻撃の脅威が大きくなる前に全部潰してしまいたいですよね。そのための事前捜査、公開法廷、テロ等準備罪です。国家基盤を揺るがすものはテロ行為かその準備ですよね。日本政府が依って立っている価値観や思想に影響を与えるようなものもテロ行為あるいはその準備とみなします。汎戦争時代なんだから平時みたいにのんきなこと言ってないで、怪しいヤツは罰するくらいでいいと思うんですよね」

一瞬もっともらしいことのように聞こえたが、とんでもない話だ。

「全体主義化した方がいいとおっしゃってるんですか？」

「やだなあ。それは冗談ですか？　山崎さんは何年日本に住んでいるんです？　僕笑っちゃうなあ」

〝名無し〟は巨体を揺らしてくすくす笑い出した。それを見た麻紀子の頭に血が上る。なんと言い返そうか考えていると、先に言葉を続けられてしまった。

「日本は全体主義です。ずっと昔からね。そもそも民主主義は方法論的に破綻してるでしょ。だって民意を定義できていないし、それを形にする投票の方法論すら確立できていない。民主主義は共産主義なみにぶっ壊れてます。ただ、政治家や金持ちに都合がいいから延命しているだけで、ちゃんとした全体主義の方がずっといいですよ」

〝名無し〟は再びズブロッカをおかわりする。南方が口を開きかけたのを見て、麻紀子は控えた。〝名無し〟の言っていることは一理あるように聞こえるが、単にダメだしをしているだけの言葉遊びだ。

「そうそう、話がそれちゃいましたね。山崎さんの研究は政府からみれば即座にテロ等準備罪で投獄したくなりそうですよね。見つからないように気をつけてください」

「ご親切にどうも」

「信じていないみたいですね。そういう態度をとっていると後悔しますよ」

〝名無し〟が目を細め、麻紀子は薄気味悪くなった。

底なしの昏い穴をのぞき込んだような気分になった。〝名無し〟が誘う闇の世界。麻紀子は自分はなんのために来たのだっけと思いながら家に帰った。

〝名無し〟が口にした《シビル》という言葉が気になってネットで調べてみたが、それらしいものは見つからなかった。まさか内戦《シビル・ウォー》のことではあるまい。だとすると自分の知らない研究者の名前なのだろうか。

＊

翌日、石倉とは大学内のカフェで待ち合わせした。ネットでは親しく話をしていたものの、実物と会うのは初めてだ。麻紀子はネットで知り合った人とリアルで会うこと自体が初体験なので二重に緊張する。実際には南方から話を聞いていたし、純粋にネットで知り合ったわけではないのだが。

カフェといっても体育館のように天井が高く、だだっ広い場所に雑然と椅子とテーブルが置かれていて、壁際のカウンターで飲み物や食べ物を買う殺風景な場所だ。いつも学生で賑やかなので、麻紀子はあまり利用しない。お茶を飲むなら静かな方がいい。

麻紀子は少し早めに着くと、石倉に自分の特徴と席の位置をメールした。石倉もすでに着いていたようで、「わかりました。見えます」とすぐに返事が来た。

麻紀子が顔を上げると、目の前に鋭い目をした小柄な男性が立っていた。すでに二十代後半くらいのはずだが、学生に混じっても違和感がない。ふだん南方を見慣れている麻紀子は若いなあと思う。

「山崎さんですね？　石倉です」

麻紀子が訊ねるよりも早く石倉が話しかけてきた。

「はい。ネットではいつもお世話になってます」

石倉はそのまま麻紀子の正面の席に腰掛ける。ここで話すんだ、と麻紀子はちょっと驚いた。

「うるさくありません？」

石倉に確認する。

「これくらいにぎやかな方がまぎれていいですよ。僕がいた頃とほとんど変わりないですね。懐かしいなあ」

ちょっと人が多いのが気になるが、ふつうに話はできるから麻紀子もあえて反対しなかった。

「名刺を出しても意味はないんですけど、いちおうこういう仕事をしてます」

石倉はポケットからカード入れを出すと、一枚名刺を抜いて麻紀子に差し出した。名刺はＩＴベンチャーのものだった。《声の盾》の活動に熱心だったからてっきり普通の仕事はしていないのかと思っていた麻紀子は少し驚いた。

「どうも、山崎です」

石倉の名刺をおしいただき、代わりに自分の名刺を差し出す。

「公開法廷と天網計画社に問題が多いのはネットで何度も意見交換しましたけど、それをどうやって是正すればいいのかがわからないんです。敵の正体と意図がわからない。だからいっそ乗り込んで直接取材してみようかと思ったんです」

石倉はすぐに本題に入った。

「石倉さんは公開法廷の世論操作に関心があるんですね。私がお目にかかりたかった理由は、石倉さんのレポートを拝見して、一度情報交換できればと思ったからなんです」

「レポート？」

「『アンバランシング攻撃と我が国のＳＮＳの現状』です」

石倉の目がすっと細くなる。警戒させてしまったようだ。

「なんでそれを？」

「南方教授に教えていただいたんです」

石倉は麻紀子の名刺を見直す。指導教授の名前は書いていない。

「南方教授ということは、山崎さんもあのゼミを取ってらっしゃる。僕もここにいた時は南方先生にお世話になりました」

「はい。先生からうかがいました」

「大学生だったんですか」

石倉が顔を見直したので思わず赤面した。

「大学生に見えます？　院生です」

若く見られたことで少しうれしくなる。我ながら単純だ。

「先生から石倉さんの話をうかがって、この事件にこだわる理由はわかりました。レポートの内容も私の関心に近いし、一度話したくなってツイッターでフォローしたんです」

「いや、わかっていない。最大の理由は犯人に仕立てられたのが僕の友達だからです。あいつは、あんなことをするヤツじゃない。それに今回の判決で、《声の盾》は崩壊寸前です」

石倉の顔が険しくなった。それは南方からも聞いていなかった。

「えっ？　そうだったんですか？　それは失礼しました」

確かに石倉も《声の盾》の一員だ。知人でもおかしくない。

「無罪を証明する証拠はいくらでもあるんですが、こじつけの論理で有罪に持っていく方法が容認されている理由がわからない。あんな理屈がまかり通るなら、警察や検察のやりたい放題になってしまう」

「私も全く同感です。ずっと危機感を抱いています。あのレポートで使っていたＳＮＳ世論操作の分析はとてもよかったと思います。ああいう定量的な分析があると、どれだけ世論が誘導されているかわかります」

「うちの会社がＳＮＳ分析ツールを開発している関係で、ああいうツールを使いやすい環境なんです。一般の人や企業が独自にＳＮＳを分析するのはちょっと手間がかかります。多変量解析を用いた統計解析あるいは人工知能のディープラーニングによるアプローチが代表的です。いずれも専門の知識や経験が必要です。でも公開法廷というか天網計画社はおそらく僕の会社よりも強力なツールを持っているはずです。彼らは専門家集団だったんです」

「どういうことですか？」

「オープンソースのＳＮＳ分析ツールの開発者の名前が、天網計画社の経営陣にあったんです。それも複数」

「天網計画社の人が自分たちで使っているツールを公開していたんですか？」

「時系列は逆です。そのツールを作ったメンバーを天網計画社がスカウトしたんだと思います」

「公開法廷の開発者が、ＳＮＳ分析ツールの開発者？」

「これを見てください」

石倉が出した紙には、ＳＮＳ分析ツールの開発者五名と、天網計画社の役員七名の名前が書いてあった。そして開発者五名のうち三名は全員天網計画社の役員になっていた。三人そろって同姓同名ということはあり得ないだろう。

「天網計画社は、ＳＮＳの利用に長けた集団だったということですね」

「あいつらはＳＮＳを利用して日本中に影響を与え、世論を操作できる仕掛けを作ろうとしています」

「でも、なんのために？」

「そこがよくわからない。日本政府の意図なのか、天網計画社が暴走しているのか」

「この社外取締役の吉沢保と篠宮明日香という人をご存じですか？」

麻紀子は石倉の資料のふたつの名前を指さした。

「いえ。山崎さんは知ってるんですか？」

「私も公開法廷のことが気になっていて、天網計画社を調べたんです。他の役員はＩＴ畑の出身なんですが、このふたりだけ違うんです。社団法人インターネット安全安心協会の理事です。その協会は警察庁の外郭団体で、警察関連の告知活動を主に行っているらしいです」

「警察庁の？　けど、天網計画社は公開法廷を円滑に運用するために警察関係者を多数採用しているらしいから、その一環と言えないこともない。もとから日本の司法と警察は仲がよすぎますけどね」

「でも、警察が裏で糸を引いていたとして、なにをするつもりなんですかね？　ＳＮＳの監視が目的でしょうか？」

「それもひとつだと思います。でもそれだけなら、ここまで大がかりな仕掛けを作る必要はなかった。なにかもっとあるような気がする。それに視聴者の煽り方や誘導の仕方も手が込んでいる」

「シナリオを書いている人物がうまいんでしょうね。でも、警察にそんな人材はいなそうですけど」

麻紀子の胸の内にある疑惑が浮かんできた。南方は公開法廷に関わっているのではないのか？彼なら大衆の煽り方を知っている。だとすれば、これまで何度も公開法廷で起ることを予想してきたこととつじつまが合う。

『デビルマン』という昔のマンガを思い出してぞっとした。あのマンガでは人類絶滅を図るラスボスが人間になりきって人間心理を探り、効果的な攻撃を行っていた。その心理攻撃にはまった人類は恐怖にかられて自滅する。それと同じように南方は公開法廷を問題視する研究者や専門家の意図と動きを知るために、その中にまぎれているのではないか？

もしそうなら動機はなんだろう？　金で動くような人には見えないし、脅されて仕方なくというようにも思えない。そもそも南方は公開法廷にはどちらかというと批判的だった。いや、違う。批判的なグループと接触するために、そのようなふりをしていただけかもしれない。

石倉にもそのことを話してみた。彼も南方の教え子だ。気がつくことがあるかもしれない。

「それは……考えすぎじゃないかなあ」

石倉はそう言って笑ったが、すぐに真面目な顔になり、

「でもその可能性は頭に置いておいた方がいいかもしれない。僕は全く考えたことがありませんでしたけど、言われてみれば可能性がないわけじゃない」

と付け加えた。

「肝心の天網計画社からの招待の件ですが、これ以上、外から情報を集めていてもらちがあかない以上、あえて敵の招待にのってもいいような気がしたんです」

「ちょっと考えさせてください」

「招待のメールをもらってから時間があったはずでしょう」

「そうなんですけど、やっぱり怖いんです。でも、行かなきゃいけない気もする。石倉さんはなんで平気なんです？」

「いや、怖いですよ。でも、それより行かないで後悔することの方が嫌だ。気がついた者の責任のような気がします」

「なんだか昔の学生運動の闘士みたいなこと言ってませんか？」

「豊かな時代の恵まれた人たちとは違う」

石倉の頬が赤らんだので、麻紀子はなにか怒らすようなことを言ったのかもしれないと不安に

なる。

「ごめんなさい。なにか変なたとえを言っちゃったみたいですね。でも、あたしはまだ日本のために身を投げ出す覚悟はないんです」

「まだ少し時間はありますから考えてみてください。ただもし彼らが山崎さんを狙っているのだとしたらイベントに行かなくてもいずれなにか仕掛けてきますよ」

「それはわかっています。わかっているんですけど……」

ほんとは、わかっていなかった。まだ大丈夫と言い聞かせてここまでやってきたが、とっくに引き返せないところまで来ていたのだ。石倉に言われて気がついた。そうでなければ億を超える陪審員の中から石倉と自分が選ばれることはない。

＊

翌日、研究室にやってきた南方に麻紀子はさりげなく、

「公開法廷にお知り合いの方はいらっしゃるんですか？」

と訊ねてみた。

「ふむ。なるほど、答えにくい質問をするね。小生にとって、それが答えにくい質問だというのを山崎くんはご存じなのだろう」

南方の答えに麻紀子は驚いた。これじゃあ、完全にそうだと認めたようなものだ。しかも麻紀子に気づかれたことまでわかっているようではないか。どういう対応をすればいいのかわからなくなった。「先生は公開法廷の手先として、反対派のふりをして動きを探っていたんですか？」とは訊けない。

そもそも秘密に気づいた自分をどうするつもりなのだろう？　いつもの南方なら、「これは小生と山崎くんだけの秘密だ」と軽口を叩くはずだが、今回はそんな様子はない。いかん。不安でどきどきしてきた。

結局、その日はそれ以上なにも言えずに終わった。天網計画社に行くのが怖くなる一方、やはり行けばなにかがわかるかもしれないという気にもなった。さんざん逡巡した挙げ句に石倉に応諾のメールを送った。すぐ後に石倉なら《シビル》について知っているかもしれないと思ったが、あとのまつりだった。わざわざ新しくメールするほどのことでもないが、なぜか頭に引っかかっている。

第四章　山岡秋声の誕生

イベントの一週間前、天網計画社から麻紀子に案内のメールが届いた。当日の詳細なスケジュールとともに、山岡秋声が出迎えて案内するとあった。頭が真っ白になる。わざわざ出迎えて案内するなんてどういうことなんだろう。全員にそうしているんだろうか？

それにしても完全に意表を突かれた。あの山岡秋声と直接会うことになるなんて、それだけでパニクりそうだ。天網計画社に行くことも恐ろしいし、山岡秋声に会うのも怖い。

石倉にメールを送ると、即行で返信が来た。

――山岡秋声と直接会えるなんて、これ以上の機会はありません。

石倉はポジティブにとらえているようだが、麻紀子はますます不安になったと返信する。すると石倉は通話しましょうと言ってきた。

「ものすごいチャンスかもしれません。罠の可能性も高まったわけですけど」

開口一番、石倉は興奮気味にそう言った。

「どう考えても罠ですよ。怖くないんですか？」

「それは……怖いですけど、行って確かめたくありませんか？」

「拉致されたりしませんか？　私たちは政府関係の関与を疑っているわけじゃないですか。だったら適当な罪状をでっちあげて見せしめに公開法廷にかけて刑務所に送ってしまったりしませんか？」

「あり得るでしょうね」

「怖いですよね」

「戦争に反対していたアインシュタインは、〝人口の二パーセントの人間が兵役を拒否すれば政府は戦争を継続できない。なぜならその人数を収容できるだけの刑務所がないからだ〟と言ったそうです。黙っている人間が多ければ多いほど彼らにとって有利になるんです」

反論の余地のない正論だ。反対なら声をあげなければならない。でも、そんなに多くの人間が反対の声をあげてくれるような気がしない。

「大丈夫ですよ。ここで逮捕されなくても、山崎さんの研究は充分彼らの目を引くものですから、逮捕されるのは時間の問題です」

「また、そんなことを言う」

麻紀子は絶句した。だが、それで吹っ切れた。ここまで来たら行くしかない。


翌日、麻紀子は南方に天網計画社に行き、山岡秋声に会うことを伝えた。

「先生、例のイベントに参加します。しかも山岡秋声が案内してくれるそうです」

「ほお、いよいよ敵の本拠地に乗り込むんだね。気をつけたまえ」

「気をつけるって言っても気をつけようがないです。護身用具持っていくような感じでもなさそうですし、万が一の時のためにメモを誰かに託しておくとかですか？」

「山崎くんが天網計画社に関して調べたことは小生も把握しているから安心していい。いざという時は……はて、あの資料はどこになんと言って持ち込めばよいのだろうね」

どきりとした。当たり前だが、指導教授である南方は麻紀子のしていることを知っている。この間、中間報告で資料も一式渡したばかりだ。こちらの手札を知っていれば、反論できるように準備できる。

「縁起でもないことを言わないでください。ほんとに怖いんです」

南方を信用したいという気持ちと、天網計画社の仲間に違いないという気持ちがせめぎ合う。

答えの出ないまま、イベントの日を迎えた。

天網計画社は東京の調布市の郊外にある。同じ敷地に新しい研修施設ができたらしい。調布駅から歩いて十分ほどだ。午前十時のイベントに合わせて、石倉と九時半に調布駅で待ち合わせた。のどかな快晴。パチンコ屋のならぶ駅前ロータリーの風景を眺めながら、麻紀子は頭の中で話すべきことを反芻していた。

「大丈夫ですか？」

気がつくと石倉がすぐ横に立っていた。全く気がつかなかった。

「悲壮な顔してましたよ」

石倉が心配そうに見ている。そんなにひどい顔をしていたのかと不安になった。あわててバッグからコンパクトを取り出し、顔をチェックする。別に化粧は崩れていない。顔色はあまりよくないが。

「悲壮ですかね？」

「そう見えます」

「石倉さんは平気ですね」

「平気じゃないですよ。でも、なるようにしかならないって開き直ってます」

それから二人は雑談を交わしながら、グーグルマップを頼りに天網計画社に向かった。調布駅から多摩川へ向かってほぼまっすぐ進む。駅前を過ぎると店が減り、静かな住宅街に変わる。川の土手が見えてきたあたりにある白いビルが目指す建物だった。正面にゲートがあり、そこを抜けると広い駐車場、その奥に三階建ての研究所のような風情の新しい建物があり、「研修施設完成お披露目会場」と看板がある。

「なんだか普通ですね。少し落ち着いてきました」

麻紀子はビルの入り口に掲げてある達筆な筆文字を見てつぶやく。中に入ると大きなホールになっており、招待客らしい人々がまばらに雑談している。白いスーツに身を包んだ女性がふたりに向かって歩いてきて、頭を下げ、挨拶した。

「いらしゃいませ。山崎さまと石倉さまですね。山岡がお待ちしております」

女性は全く表情を出さずにビルの奥へと進む。まるで旅館の人みたいな口上だ、と麻紀子は思ったが、なにも言わずにその後をついていった。それにしても、見ただけで自分たちがわかったということは、顔写真からなにからあらかじめ個人情報を把握されているのだろう。


一階の奥にある会議室に通され、石倉と並んで待つ。女性は、「山岡を呼んで参ります」と一礼して部屋から出て行った。

「また緊張してきました。リアル山岡秋声が来るんですよね」

麻紀子はバッグからタブレットを取り出して机の上に置く。取材の時はタブレットでメモを取っている。

「ええ。僕にとっては、テレビタレントよりも現実味のない存在です。生身でここに来るんですよね」

「まさか、ノートパソコン持ってきて、チャットでお話しください、なんて展開はないと思います。ちゃんとテレビにも出演していましたしね」

「そういえば石倉さんは、《シビル》って誰だかご存じですか？」

麻紀子は訊くのを忘れていたことを思い出した。

「《シビル》？　誰って言われても、そもそも……」

石倉は知っていた！　だが説明を始めた時、扉が開いて山岡秋声が入ってきた。

テレビと同じだ、と麻紀子は妙に感心した。本人なのだから同じで当たり前なのだが、あまりにも現実味のない存在だったのでリアルに動いているのを見るだけで驚く。

「初めまして、山岡秋声と申します」

お辞儀して両手で名刺を麻紀子に差し出す。名刺交換はあまりしない麻紀子は緊張しながら両手で山岡の名刺を押しいただいた。

「記事を拝見したことがあります。確かＩＴ系のウェブマガジンに寄稿なさっていますよね」

山岡は麻紀子の名刺を一瞥し、笑顔で言った。

「げっ」

素の声が出てしまった。アルバイトでフリーライターのまねごとをしていたのを知られていたとは思わなかった。石倉があきれた顔で見ている。

「お、お恥ずかしい。どれをご覧になったんですかね。しがない院生なのでアルバイトライターしています」

真っ赤になって言い訳じみたことを口走った。よく考えると、自分なりにちゃんと書いた記事なのだ。恥じることはない。

「いろいろ拝読しました。印象に残っているのは、カンファレンスのレポートです。海外ベンダの専門家に英語で突撃インタビューした記事はすごかったです、いろんな意味で」

「あわわわ」

また変な声を出してしまった。山岡が優しい目で見ている。あの山岡秋声とは思えない。

「未熟ですすみませんって感じです」

顔を真っ赤にして床を見つめる。

「あれは大変おもしろかったです。ためになるし、記事としてはかなり良質です」

山岡に真面目な口調で言われると、身体全体が火照ってきた。まさかこんな先制攻撃を受けるとは思わなかった。フレンドリーかつ強烈な一撃。

「石倉さんのレポートも印象に残っています。これからの日本のあり方を問うような真摯なものが多いですね」

今度は石倉が驚く番だった。

「恐縮です」

自分のように赤面してうろたえればいいのに、と思ったが、石倉はいたって平然と応じた。

「どうぞ、おかけください」

柔らかい物腰で山岡が椅子を勧めてくれた。麻紀子と石倉は、「ありがとうございます」と言って腰掛ける。

しばしの無言。その間に扉が開き、さきほどの女性が蓋のついた茶碗を三人の前に置く。山岡は、「どうぞ」とふたりに茶を勧め、自分も蓋をとって一口すすった。

「式典はあと三十分で始まりますが、その前に簡単に施設をご案内しましょう」

「そんなわざわざ私たちのために」

麻紀子は思わず口走る。半分は本心だが、もう半分はせっかく時間があるなら、山岡にいろいろ訊きたいことがある。施設の案内はその後でもいい。

「お気遣いなく、今日は全社員がお客様の案内係になっているんです。そのために早くきていただいたわけですから、ぜひ当社の設備をご覧ください」

社員総出で案内なのか、それにしても招待客の数と社員の数を考えると、一般陪審員ふたりに社員ひとりがつくのは特別扱いに思える。しかも人気検事なのだ。

しかしそこまで言われて断るわけにもいかない。なにしろ今日の表向きの目的は、研修所のお披露目なのだ。

山岡が先に立って、ふたりを案内した。最新式のＩＴ機材をそろえた教室や、公判に先立って証拠や情報を整理するための情報分析室を見た麻紀子は旧態依然とした自分の大学の研究施設が悲しくなった。目に見えるモノだけでも圧倒されるのに、そこにはすでに全ての日本国民の個人情報、犯罪データベース、判例データベースが用意され、すぐに検索、活用するための人工知能アシスタントまであるのだ。

「公判とは情報戦です」

山岡は情報分析室から出ると話し出した。

「過去のデータベースと事件に関連する情報、そして全国民のデータ。これらを組み合わせて犯人像あるいは犯行の方法や時期を絞り込んで公開法廷を開いています」

「世論操作くらいできそうですね」

石倉がつぶやく。

「隠してもしょうがないので率直にお話しします」

山岡は表情も足取りも変えずに話題を変えた。

「おふたりが共同で調査をなさっていることは存じ上げていました」

「我々が調べていることを知っていた？」

やはりそうだった。抽選ではなく狙い撃ちで招待されたのだ。

「本来は申し上げるべきことではないのですが、気持ちが悪いでしょうからお話しします。デジタル隣組から報告がありました」

隣組と聞いて血の気が引いた。同じ隣組には吉永やゼミの後輩がいる。万が一吉永だったらどこまでの情報が流れたのか想像しただけで恐ろしい。そんなことはしないと信じたいが、絶対とは言えない。

「……信じられない」

「隣組の他のメンバーが勝手に山崎さんのことを調べたんです。同じ組の人は居住地や職場や学校などが重なっている人のはずです。たとえば山崎さんの指導教授のところに行って探りを入れたり、研究室に置いてある山崎さんの資料をチェックしたのかもしれません」

「そ、そんな……そんなことしていいと思ってるんですか⁉」

「いけないと思います。でも、個人が勝手にやっていることですから止めようもない。石倉さんの場合はもっと簡単です。石倉さんはご自身の行動を《声の盾》に報告していたんでしょう。メンバーなら誰でもなにをしているか、これからなにをするつもりかおおよそ見当がつきます」

「まさしく天網恢々疎にして漏らさずってヤツですね」

「わが社は天網計画社ですからね」

山岡はそう言うと振り返って微笑んだが、麻紀子と石倉は笑えない。

「こちらが公開法廷のスタジオです」

山岡はそう言うと、足を止め、扉を開いた。麻紀子と石倉は促されて中に入る。中は窓のない狭い部屋だった。右手の壁に大きなディスプレイがあり、その前の机にはマイクやカメラ、キーボードなどがある。

「公開法廷では被告、検事、弁護人、証人など全てが個室に入っているんです。そして画面を見ながら指示にしたがって活動する。物理的に同じ場所に関係者が集まることはありませんし、むしろ危険なことの方が多いのでこのような形になっています。もちろんこれは本物ではなく、研修に来た方々に実際の公開法廷を体験してもらうための設備です」

麻紀子は初めて知った公開法廷の舞台裏に驚く。しかしそれよりもさきほどの石倉の言ったことが頭から離れない。

「あの……さっきの話ですけど、つまりあたしたちはそのために呼ばれたんですね」

麻紀子は山岡に質問した。

「すみません。変なことを言って気分を害されてしまいましたね。お詫びします。おふたりの調査に反対しているわけではないんです。むしろもっと調べてほしいとすら思っています。なんなりと質問してください。今日は、そのためにいらしたんでしょう？　この施設そのものにはあまり興味ないでしょう?」

山岡はそう言うと、部屋を出た。麻紀子と石倉も続いて部屋を出る。

「式典の会場に向かいながらお話ししましょう」

「……メモは用意してきたんですが、今のお話を聞いてそれよりも絶対に訊きたいことができました。公開法廷や天網計画社はなにをしようとしているんですか？　単なる民間会社だなんて信じませんよ。洗脳？　クーデター？」

「山崎さん！　それは言い過ぎです」

石倉が驚いて麻紀子を止めたが、山岡は笑みを崩さなかった。

「石倉さん、かまいませんよ。率直な質問ですし、お答えするのはやぶさかではありません。公開法廷は裁判の一形態です。それ以上でもそれ以下でもありません。しかし、多くの方が山崎さんと同じ疑問を持っています。理由はわかります。公開法廷は有名になりすぎたんですよね。だから社会的影響力も無視できないくらいに大きくなってきた。主宰者が意図してそうなろうとしたわけではないので、外から見るとなにを目的としているのかわかりにくい。それは当然で、我々はもとから単なるシステム会社なだけですから」

「警察庁のOBをたくさん雇ってますよね」

「それは大人の配慮です。業務の性格上、どうしても法執行機関との調整が必要になるので、その知識とノウハウを持っている方を雇用しただけです」

「でも、古谷野社長はいろいろなところで、復讐だとおっしゃってましたよ。きわめて個人的な復讐というのがこの会社のスタートだったとご自身で語っています」

「それは演出です。ありきたりの耳心地のよい言葉で経営や理念を語っても誰も聴いてくれませんでしょう？　古谷野が自分の過去の経歴を生かして、ああいうことを言えば注目されるし、関心を持ってもらえる。その狙いは当たってテレビでの公開法廷の露出は抜群に上がりました」

「じゃあ、あれは茶番だったとおっしゃるんですか？」

「演出です」

「そんな……古谷野社長のあれは芝居だったと言うんですか？」

「あくまで演出です。同じ質問には同じ回答になります。山崎さんの仮説は現実の当社には当てはまらない。当社は当たり前のシステム会社です」

「しかし、事実上、誰を法廷で裁くかを決めているんでしょう。システム会社のすることじゃない」

そこまで黙っていた石倉が口を開いた。

「あくまで演出効果を考えて検察に助言しているだけですよ」

「そのために無実の人間が罪をかぶることもあるんですよ」

「……しかしそれが全国民の総意です」

山岡は足を止め、控え室と張り紙のしてある部屋の扉を開けた。

「会場はすぐそこですが、この話はあまり他の人に聞かせたくないのでこちらでお話ししましょう」

そう言うと先に立って中に入る。応接室のような部屋だった。部屋の真ん中にローテーブルと、ソファがある。山岡はソファに腰掛け、向かいのソファをふたりにすすめる。

「この状況をどうするつもりなんですか？　冤罪だらけじゃないですか」

石倉は座りながら攻める。

「冤罪かどうかは法廷で明らかにすべきことで、そのための手続きは従来と変わりません。今のところ公開法廷の判決が上告で覆された比率は特に高いわけではないです。もしそうなったとしても、それは制度の問題です。我々におっしゃられても困ります。あくまで運営をしているだけなのでそれ以上のことはわかりません」

「公開法廷が政治や制度に影響を与えているのは周知の事実です」

「仮にそうだとしても、それは我々の問題ではないんです。日本の世論を形成する一般市民のみなさんの判断です」

「そうなるように誘導してはいませんか？」

「困りましたね。石倉さんは結論ありきで、そこにつながることばかり質問してらっしゃる。しかし、なにもないんですよ、本当に」

「でも僕が調べた内容を見た人は同じような結論になると思います」

「石倉さんの仮説以外の可能性に触れていませんからね。普通に考えれば大きくなりすぎたシステム会社という結論になるはずですよ」

山岡は全くぶれない。笑みを絶やさず、受け答えしている。

「やってみましょうか？」

「あまり大げさにしない方がいいですよ。お互いにいいことはなにもない」

山岡の笑顔が崩れた。

「陰謀かどうかは別として、公開法廷には問題が多い。それを公開して議論することは有意義だと思います」

「偏った情報は誤解の元です。その誤解を解くためにお目にかかったんですが」

「正直に話していただけないからです。デジタル隣組制度で相互監視を促すのは、世論や政治へ影響を与えることを想定していると考える方が自然です」

「ですから、さきほどから申し上げているように、それは石倉さんの仮説に立って考えた時の話であって普通はそう考えません。あくまでシステム運用ですよ。司法省の下請けをしているだけなんです」

石倉と山岡のやりとりを聞いているうちに麻紀子は落ち着いてきた。会った瞬間から心を乱されていたが、やっと冷静に考えられるようになった。山岡に違和感を覚える。公開法廷ではキャラを作っているにしても、あまりにキレが悪い。口調は似ているが、話している内容が弱い。どこからか拍手と歓声が聞こえてきた。式典が始まったのだろう。だが、山岡は動こうとしない。麻紀子も石倉も動かない。それどころではないのだ。

「失礼ですが、山岡さんは公開法廷の時とだいぶ印象が違いますね」

麻紀子は思いきって訊ねた。

「あそこでは役柄を演じてますからね」

「でも、日常のネット生活も山岡秋声として過ごしてますよね。リアルとはだいぶ印象が違います」

「やれやれ、おふたりはなんでも疑ってかかるんですね」

山岡が嘆息する。

「あなたの正体とこの会社の目的を教えてくれないなら、これまで調べた内容をネットで公開します」

「それはあまり利口なやり方ではないですね。おそらく無視されるか、激しいバッシングに遭うかのどちらかになるでしょう」

「カナダのシチズンラボに連絡して協力を仰ぎます」

石倉の言葉に山岡の表情が曇った。

「彼らは忙しい。極東の国の裁判事情にまでかまっている時間はないでしょう」

「あそこには日本人のリサーチャーもおり、何度かメールを交換したこともあります。彼らならきっと力になってくれるはずです」

山岡の顔色が悪くなり、言葉が出なくなった。必死にどうやって言い逃れるか考えているように見える。違和感を覚えた。本物なら、こんなにうろたえたりしないはずだ。

「おかしい。あなたは山岡さんじゃない。本物ならもっとちゃんと切り返してくるはず。いったいなにをしてるんです？　山岡さんのニセモノまで用意して」

麻紀子は山岡の顔に向かって人差し指を突き出した。

「……わかりました。納得していただけないならもっと詳しい者を紹介しましょう。彼はここにいないので、こちらから会話してください」

山岡はそう言うと、傍らに置いたバッグからノートパソコンを取り出し、机の上に置いた。

「初めまして。さきほどから会話をうかがっていました。大変興味深い内容です」

パソコンから声が出た。

「誰なんです？」

「山岡秋声です」

麻紀子と石倉は驚いて声も出ない。

「私も山岡秋声です。ウソはついていません」

ふたりの目の前の男性は、そう言うと運転免許証を見せる。確かに、「山岡秋声」の名前になっており、写真も本人と一致した。

「じゃあ、パソコンの向こうの人がニセモノってことですか？」

「違います」

目の前の人間とパソコンが同時に答えた。

「なぜ、山岡秋声がひとりだと思ったんですか？」

麻紀子と石倉は息を飲んだ。そうだ。ネットで匿名が可能ということは、逆に誰にでもなれるということでもある。複数の人間が山岡秋声を演じ、もっとも見た目がふつうそうな目の前の人物がリアル山岡秋声役に選ばれた。いや、最初から成功したらそうするつもりで、この人物の名前を使ったのだろう。

「そんな……じゃあ、他の検事や弁護人もひとりではないってことか？」

「それはなんとも言えません。私が知っているのは山岡秋声はそうだったというだけです」

人間の山岡が答える。

「でも、あなたは本物じゃない」

「確かに、彼は山岡秋声であって山岡秋声ではない。しかし戸籍をもとに個人を特定するのであれば、彼は山岡秋声本人でしかありえない」

パソコンから声が響いた。

「彼をリアルで登場する役割にして、他の山岡秋声はネットだけで活躍するって役割分担なんでしょう？　それはわかった。でも、本物っていうか、最初にこんなことを考え出して実行した代表者、まとめ役の山岡秋声がいるはず。それは誰なの？」

麻紀子はパソコンと人間の山岡を交互に見ながら話しかける。

「まとめ役？」

ふたりの山岡が同時に反応した。

「僕らの知っているカリスマ検事の本体はどこにいるんです？」

石倉が重ねて訊ねる。

「リアルに山岡秋声の戸籍を持つのは、そこにいる人物しかいない。カリスマ検事の正体を知りたいなら、それは私です」

「禅問答みたいなこと言ってないで、とっとと正体を明かしなさい」

「山崎麻紀子、あなたはすでに私とネット越しに会話しているのだから、すでに正体を知っています。これ以上、なにを知りたいのですか？」

「そりゃあ……本名、名前、職業とかそういういろんなこと。他に何人の山岡秋声がいるのかとか……あとなぜこんなことをしたのかとか、天網計画社はどこまでからんでいたのかとか、わからないことがたくさんあるのよ。それを知りたい」

「私を識別するコードはあるが、名前はない。日常的に使われている私の呼称は、〝山岡秋声〟だ」

「また禅問答になってる！　往生際が悪いったらありゃしない。石倉さんはなんで黙ってるの？」

「だ、だって、これはもしかしたら、もしかします」

「なんでみんなわからないこと言ってるの？」

「僕はわかりました」

「えっ？　なにをわかったって言うんですか？」

どうやら石倉も山岡秋声の正体がわかっているらしいことに気づいて麻紀子はあせった。いったい、どうなっているのだろう。

「私よりもわかりやすい説明をしてくれる人物がやってきました」

その時、パソコンがそう言うと、どこからか拍手の音が聞こえてきた。場違いな音に、麻紀子と石倉はぎょっとして周囲を見回す。扉が開いて、見覚えのある巨体が現れた。山岡秋声は立ち上がり、頭を下げる。

「山崎さんは、すごくいいとこまでいってるんですけどね。あと一歩足りないんです」

明るい場所で見ると以前よりもでかく見える。プロレスラーを間近で見たことはないが、こんな感じなのだろうと思わせる巨軀だ。むっとするような熱気と圧迫感が押し寄せて来る。

「なぜ、あなたがここに？」

そう言って、自分の口の中がからからになっていることに気がついた。

「天網計画社外取締役の吉沢と申します。山崎さんこそ、なんでこんなとこにいるんです？　僕のことが気になって会社まで追いかけて来たんですか？」

吉沢はそう言うと、邪悪な微笑みを浮かべて名刺を差し出した。近づきたくない、と思ったが、名刺を出されて応じないわけにはいかない。麻紀子は両手で吉沢の名刺を受け取る。続いて石倉が名刺を受け取る。

「おもしろいことを調べていらっしゃる。ソシオフォックス社、フェイクニュース、そして天網計画社、この組み合わせに目を付けるなんて、慧眼《けいがん》だなあ。ふつうの人は気がつかないですよ」

どきりとした。この男はどこまで知っているのだろう？　この間はそこまで突っ込んだ話はしていないはずだ。南方が話したに違いない。いったい、どこまで話したのだろう？　なぜ南方は吉沢と自分を引き合わせたのか？　さまざまな疑問が頭に浮かんで来る。

「そうでもないかな。ほんとに利口なら最初から、こんなこと調べないなあ。トラの口に頭を突っ込むようなもんですからねえ」

図体が大きいくせに、ねちっこい嫌みなしゃべり方をする男だ。

「どういう意味でしょうか？」

つい、つっかかるような口調で訊き返してしまった。

「あれえ？　もうわかっていると思ったんですけど。おかしいなあ。僕の印象だと山崎さんは、もっと頭のいい人なんだけどなあ」

いらいらと不安が募る。じわじわとなぶるような言い方はやめてほしい。

「おふたりは知り合いだったんですか？　どういうことなんです？」

石倉は事情がわからず、困惑している。

「南方教授に紹介されて話したことがあって、でも、その時は自分の名前も所属も教えてくれなかったんですよ」

やはり南方は天網計画社と通じていたに違いない。吉沢と懇意にしていたのが動かぬ証拠だ。

「南方さんが？　なぜ？」

石倉は吉沢と麻紀子の顔を交互に見る。

「南方先生と僕はお友達なんですよ。とても仲がいいんです」

吉沢は意味ありげにそう言うと、にやりと笑った。

「先生があなたみたいなろくでなしと手を組むなんて信じられない」

麻紀子は思わず叫んだが、南方への疑惑はぬぐいようがない。

「人聞きの悪いことを言わないでください。僕はこの国の将来を憂えている一介の愛国者に過ぎません。公開法廷はこの国の治安を維持するためのひとつの実験です。文句だけ言って国をよくする具体的な行動をしない人にとやかく言われたくないなあ。僕知ってますよ。そう言う人を最近は、カタカナでサヨクって言うんでしょう?」

吉沢はにやにやそう言うと、さきほどまで山岡秋声が腰掛けていたソファに腰掛けた。

＊

南方と数人の中年男性がマダムシルクでコーヒーをすすっていた。まだ昼間のせいか客は他にいない。

「土屋さんの分析だと、相当数の傀儡が日本のSNSに存在しているということでしたが、その後さらに知見は得られましたか?」

南方が横に腰掛けているスキンヘッドのスーツ姿に話しかける。

「知見どころじゃないですよ。傀儡というかトロールですね。ええとトロールはネット世論を操作するためのサクラみたいな連中を指す言葉なんですけど。それがですね……分析ツールが正しければの話ですが、莫大な数が存在していて、大きく三つに分類できます。ひとつは公開法廷において特定の検事や弁護人を支持するトロール、もうひとつは現政権に関するデマあるいは極端な意見を垂れ流すトロール、最後はその他です。前二者は明確な目的を持って運用されています」

「その三つのそれぞれの数は？」

土屋の正面の筋肉質の男が訊ねる。

「最大の数は公開法廷で二十万以上、現政権関連とその他はそれぞれ数万、多くても十万はいかないでしょう。私の知る限り、世界的に見てもかなりトロールに汚染されていると言えます」

「日本人は他人の目を気にするからトロールの効果はただでさえ高い。事前に土屋先生からデータを拝借して、政治と治安に関するSNS占拠率を計算しました。トロール占拠率はSNSにおける話題の占有率です。SNSにおいてトロール発信の話題がどれだけ影響しているかを示す尺度と考えてください。現時点では、トロール全体の占拠率は九十パーセントを超えています。過去のログを元にした推定値では、二〇一三年時点では自民党を支持するトロールのみの占拠率が七十パーセント台でした」

南方の向かいのやせた茶髪の男性が計算結果の書かれた紙を机に置く。

「SNS占拠率が三十パーセントを上回るとトロールが世論形成に大きな影響を与えているレベルで、八十パーセントを超えるとほぼトロールによって世論形成がなされていると言える段階だったね。してみると我が国の世論はトロールによって作られているわけだ、それもほとんどが公開法廷のものに。鎌田くんは時系列の動きも見ておるかな？」

南方がため息をつながら、茶髪の男に質問した。

「時系列の動きを見ると、二〇一三年時点で圧倒的だった政権関連のトロールを公開法廷のトロールが駆逐している感じです。政権関係のトロールはおそらく外国政府による介入ですね」

鎌田と呼ばれた男はタブレットを取り出すと、表示されたチャートをながめながら説明する。

「アメリカ大統領選挙選の前に日本で実験をしていたわけだ。アメリカ大統領選の時は『ワシントン・ポスト』なんかがロシアのトロールがヒラリーを貶めるデマを流していると報じたが、日本では全く露見しなかったようだね。やはり危機意識の欠如だな。トロールによる世論操作はヨーロッパでは少なからず失敗したようだが、アメリカと日本では成功を収めた。文化的土壌によるものかもしれん」

「自民党の代議士が圧力をかけた可能性もありますね。いずれにしても現政権だけでは意思決定も実行もできない状況でしょう。トロールがかなりの決定権を持っています」

「公開法廷にデジタル隣組制度が加わって、連中の支配はゆるぎのないものになった」

土屋が唸る。

「だが、挽回の方法もあるんだろう？」

南方の問いかけに土屋がうなずく。

「僕の仮説通りなら、この手のトロールは攻撃に弱い。一斉に攻撃を仕掛けて洗脳してしまえばいい」

「そんなことができるのかね？」

「できます。あくまで僕の仮説が正しければということですが……この連中が短期間にこれだけの数のトロール部隊を配備したことや、スパムアカウントの一斉摘発の素早さから考えて仮説は正しいと思います」

「しかし……攻撃すれば成否にかかわらず相手にこちらの存在と攻撃方法を知らせることになるね」

　南方はタバコをくわえ、オイルライターで火をつけると大きく吸い込む。仄暗い店内に紫煙が揺れる。

「いたしかたありません。そこからはいたちごっこになります。相手は防護策を講じ、こちらはさらにそれを破る方法を編み出す。この争いはすぐに各国に知れることになり、トロールと対トロール技術は世界に広がり、それぞれの国が他の国にトロールを送り、対トロールを国内に配備するようになるでしょう」

「その泥仕合に終わりはあるのかね？」

「新しい秩序とルールが生まれればそこでトロールも対トロール技術も使用禁止になりますが、それまではトロールの使用を止めるのは武装解除に等しいので止まらないでしょう」

「長い話になりそうだね。それがしの目の黒いうちに終わるんだろうか？」

「いつ終わるのか全く見えませんし、その間、トロールと対トロールによってネットはデマと洗脳に埋め尽くされるでしょう」

「どのみちもう世界のネットはトロールのデマに汚染されている。最近の調査ではツイッターの九〜十五パーセントはトロールで、研究者に言わせれば本当はもっと多いだろうって話です。日本のフェイクニュースなんかひどいもんだ。劇的に悪化するわけじゃない。一方的な攻撃を止められるだけでもよしとしよう」

土屋が首を振る。

「真実の死んだ時代、トロールが真実を作る時代というわけだ。評論家の藤田くんならゾンビの時代と言いそうだね」

南方がつぶやき、他の三人は黙ってうなずいた。

「『サイバー空間はミステリを殺す』。今さらながら古谷野氏の言葉は的確だった。作り物のミステリよりもはるかに規模が大きく、複雑な迷宮が動き出す」

南方はひとりごとのように続けた。

＊

「山崎さんは、ほんとに惜しいなあ。古谷野の復讐の話にひっかからなかったのは褒めてあげます。でも、その後の山岡秋声への詰問《きつもん》は今ひとつだなあ」

ほんとに嫌な男だが、言い返すことができない。麻紀子は唇を噛んだ。

「途中までは合ってるんですけどね。そこにいる山岡秋声は本人に間違いありません。ただし、このプロジェクトでは人間はあくまで仮の姿、ヒューマンインターフェースとしてしか機能してないんです」

その言葉に麻紀子はぞくりとした。

「君はもう自分の席に戻っていいよ。思ったよりも手強い相手のようだから、きちんと僕が処理する」

そう言って山岡秋声に向かって犬を追い払うように手をひらひらと振った。山岡は、吉沢に「失礼します」と一礼して去って行った。麻紀子たちには挨拶なしだ。

「さて……と。山崎さんも山岡秋声の正体がわかったようですね。石倉さんはもっと前にわかっていたのかな？　僕はカンのいい人は好きですよ。よすぎると殺したくなりますけどね」

「公開法廷の山岡秋声は人工知能なんですね。冤罪を量産する史上稀に見るメタ犯人」

麻紀子が震える声で確認する。

「その通り。ちょっと表現はよくないですけどね。すごいでしょ？　この規模で運用してるのは世界で日本だけじゃないかなあ。第五世代コンピュータがこけて以来、辛酸をなめてきた人工知能もやっと面目躍如ってとこですね。一時期は人工知能なんて言うだけで胡散《うさん》臭がられてましたもん」

「どこまでが人工知能なんだ?」

石倉がうめく。

「山岡秋声をはじめとする人気検事や弁護人のほとんどは人工知能だったんですよ。素敵でしょ。SNSで学習させた人工知能が普通の人間に混じって活動し、そこから検事や弁護人に出世したんです」

「人工知能にそこまでできるわけがない。仮にできても必ずしもカリスマになれるわけじゃない」

石倉が言い返す。

「できますよ。実際、やってるじゃないですか。だって常に二十万を超えるSNSアカウントを人工知能が運用してて、そこで人気が出たものに生身の人間を割り当ててカリスマ化してるんですもん。その二十万だって全部異なる環境で学習しているから、それぞれ個性があるんですよ。すごいでしょう? 次は数百万の規模にします」

鳥肌が立った。デジタル隣組のほとんどに人工知能を配置できる。完全に世論を掌握できるだろう。いや、それだけでなく日常生活の細部まで監視の目が行き届くことになる。そうなれば生身の人間も不安にかられて密告をするようになる。麻紀子の想像のおよばない計画が進行していたのだ。

「SNSは人工知能の実験場じゃない」

「実験場ですよ。マイクロソフトやいろんな会社が実験してるじゃないですか。アップル社のSiriはどうなるんです？　あれだって最初は実験だったようなもんでしょう。それに僕らがやってるのは、実験ではなくもう本番運用です」

「信じられない」

石倉がかぶりをふる。

「おそらく可能です。アメリカのソシオフォックス社は人工知能を使って、SNSで人間を騙す実験をしました。人間と人工知能のどちらがより早く人間を騙せるかという競争です。結果は人工知能の勝ちでした。もはや人工知能の投稿は人間と区別がつかないんです。むしろ論理的で説得力があるくらい」

麻紀子が石倉に説明する。

「だからって、やっていいことと悪いことがある」

石倉は激昂しているが、そうじゃないと麻紀子は言いたくなった。治安や世論統制は確かに問題だが、これの元は世界のあらゆる国が参加している戦争なのだ。汎戦争時代という言葉が頭をかすめ、南方の顔が浮かんで来る。彼は日本を救うために、人工知能による思想統制という悪魔の実験に加担したのか？

「そんなこと言うと利敵行為です。ねえ、山崎さんは知ってますよね。ボルチモアの暴動でロシアがなにをしていたか」

やはりそうだ。これは戦闘行為の一環なのだ。この人たちは、人工知能兵器を他国のＳＮＳに対しても使うつもりだ。

「ロシア……ソシオフォックス社が全米の警察に送付したレポートのことですね」

「そうそう。石倉さんもわかってるはずですよね。とっても大事なことです。なぜか、誰も大きく取り上げなかったんですけどね。裏が取れなかったんでしょうね。ＳＮＳのアカウントを人工知能で運用するのは世界の常識ですよ。まあ、知らない人は知らないけど。他国はとっくに始めてるんだから、今さら日本だけ止めるわけにもいかないでしょう」

「き、詭弁だ。他人が悪いことをしているからって、自分がしていい理由にはならない」

「石倉さんのご両親は古い人だったんですね、平成生まれなのに頭が古い。今どき、そんなこと言う人はいませんよ。他人がやってるから、こっちはその二倍、三倍やろうというのが世界の常識、グローバルスタンダードですよ。日本だって二〇一三年からロシアをはじめとする各国から攻撃を受けているじゃないですか。ふぬけの自民党がネットで好評で圧勝するなんておかしいでしょ？　その後、ネトウヨやおかしなデマを飛ばす連中が増えたのはそのせいです。なんでわからないかなあ」

「ほんとなんですか？」

石倉が麻紀子に向き直る。そんなことわかるわけがない。

「わかりません。誰もちゃんと調べたことがないんです」

「僕が調べましたよ。独自ツールを開発して解析したら、きっちりなりすましアカウントがわかりましたし、その連中が撒いたフェイクニュースを広めていた日本の評論家やジャーナリストの一部は金をもらっていました。もっとも表向きは日本国内の普通の企業からの依頼を装っていたんで本人たちは知らないでしょうけどね。アメリカの大統領をトランプにしたようなやつらなんだから日本の首相を決めるくらい楽勝だってよくわかりました。日本全体が支配されつつあるんです。なんとかしなきゃいけないと思うでしょう？」

膝から力が抜けた。そんなことになっていたとは夢にも思わなかった。せいぜい社会を攪乱するくらいが関の山と高をくくっていた。一国の元首を決められるまでになっているとははるかに想像を超えている。

「うまく政治を操られ、その結果として経済や外交も操られていたわけです。嫌なことに本人たちは自分の意思で進めていると思ってるんですよね。うまいなあ。ほんとにいやらしい。放っておけないでしょう？　だったら今度はこちらから仕掛けるしかない」

吉沢は背もたれに身体を預け、のけぞりながら大きな声で続ける。離れていても迫力のある声が耳元で響く。

「……信じられない。頭を殴りつけられているような気がする。日本がそんな頃から《シビル》攻撃を受けていたなんて」

石倉が絞り出すような声を漏らした。

「《シビル》攻撃？　《シビル》って人の名前じゃなかったんですね」

麻紀子がつぶやくと石倉がうなずく。

「元は人の名前だったんですけど、いまはＳＮＳで多数のトロールを操って行う攻撃のことを《シビル》攻撃と呼んでます」

「石倉さんは信じないとダメですよ。だって、これはトライバランス理論に基づいたアンバランシング攻撃なんです。万引きした女子高生の親みたいに、〝うちの国に限って〟なんて言いませんよね？　日本だけが例外なわけないでしょう。アメリカがぼこぼこにやられているんだから、日本はもっとひどいことになってると思うのが当然です」

麻紀子はなにも言い返せない。吉沢は嫌なヤツだが、言っていることは一理ある。南方が手伝ったとしても責められない。もし、吉沢の言う通りなら、日本はすでに占領されているも同然の状態だ。政府は再軍備を進めているが、そんなことを優先して進めている愚かな国は他にない。旧来の物理兵器も必要だが、それ以上に重要なのはそれ以外の戦闘手段の強化と防御だ。二十一世紀に入ってから、各国はそこでしのぎを削ってきた。そしてアメリカは敗れ、日本は占領され、搾取されている。先進国の中でもっとも負けているのが日本なのだろう。今どき原発や物理的再軍備に注力していることがそれを証明している。

「し、しかし、だからといって冤罪を作っていいことにはならないし、警察が真犯人を見つける努力を怠ったら、治安は崩壊する」

石倉が力なく反論した。

「真犯人なんか必要ないんです。真犯人とみんなが思う人を作り出せばいい。そっちの方がずっと簡単でしょう？　利口な真犯人はほんとにうまく痕跡を隠すでしょう？　それをひっくり返すよりはバカな人やいなくなると都合のいい人に真犯人になってもらった方がずっと効率がいいし、社会のためになる。これまでだって、これからだって、為政者とより多くの人々が喜ぶものが〝真実〟になるんです。実際起きたことがどうだったかなんて気に留める人はいなくなります」

吉沢はにこやかに答えた。そして、強調するように、「これまでだって本当の犯人が罪に問われたかどうかなんて誰にもわからないでしょう？」と繰り返した。

「それじゃ真犯人は捕まらず、やり放題じゃないですか！」

「大丈夫です。デジタル隣組制度があるから、犯罪抑止力は高くなります。もっと強力になれば潜在的な犯罪者まで告発させて監視下におけるようになります。真犯人を見つけるよりもずっと治安維持には効果的です」

「し、しかし、抑止できても犯罪が起きた時に真犯人を見つけられないんでしょう？　真実は常にひとつです。みんなだって、それを明らかにすることを望むはず！」

石倉の言葉に吉沢は笑い出す。いつものくすくす笑いではなく高らかな哄笑だ。地の底から響くような昏い声に麻紀子は飲み込まれる。

「石倉さんはおもしろいことを言う。身体を張ったジョークって、好きだなあ。公平で安全な社会なんてしょせん幻想ですよ。人類の歴史でそんな社会ができたことは一度もなかったでしょう。でも、そこまで言うなら勝負をしましょう。これからおふたりには、池袋で起きた殺人事件の容疑者になっていただきます。もちろんやってないことは僕だって知ってます。でも、犯人にするための証拠はもう集めておいたんで安心してください。うまく無実を証明できればおふたりの勝ち。負けたら死刑になるかもしれませんね。なにしろ、罪のない家族四人を惨殺してますからね。犯人がいなくて困ってたんですよ。助かるなあ。僕も張り切ってシナリオ書きますよ」

吉沢が言い終わると、扉が開き、警察手帳をかざした男がふたりと女性がひとり現れた。

「手錠もした方が見映えがいいな」

吉沢が立ち上がると、それが合図だったかのように無表情の男ふたりが麻紀子と石倉に歩み寄り、逆らう隙を与えず両手に手錠をかける。

「どういうことなんだ！」

蒼白になった石倉が叫ぶが、誰も反応しない。男は石倉の腕をつかむと強引に立たせる。麻紀子も立たせられた。わけがわからず啞然としていると、もうひとり妙に背の高い男性がやってきた。落ち着きなくメガネのつるの位置を手で何度も直しながら吉沢の横にやってくる。

「大場《おおば》くんは来る予定じゃなかったはずだよ。しかもあれだけ言ったのに遅刻してる」

吉沢が苦笑する。

「やだなあ。吉沢さん、遅れてないですよ。僕だって見たいですもん。全部お膳立てしたのは僕なんですから、これで全ての罠がちゃんと機能しましたね」

大場と呼ばれた男はわざとらしく肩をすくめてみせる。

「罠を用意した君のお手柄って言ってあげてもいいかなあ」

「でしょう？　公開法廷第一期で邪魔になりそうな人間や団体が引っかかりそうな撒き餌をして、それに気づいて動き出したらすかさず捕捉、確保する。警視庁事前捜査特別班の偽のリーク文書で植田さん、木崎さん、石倉さんを見つけたんですよ」

石倉がはっとして大場に目を向ける。すると大場は自慢げに口角を上げ、

「ねえ、知らなかったでしょう？　あのファイルにはビーコンがついていて、追跡できるようになっていたんです。ヒュドラのドキュメントもそう。開発者の名前をうちの役員の名前に変えておいたんですよ。あれを作った人たちは完全にダークサイドに行ったからばれても問題なし。でも、ほんとにヒュドラの開発者名をチェックする人がいるなんて思わなかったですけど」

自慢げにぺらぺらとしゃべる。

「僕は必ず誰かが気づくって言ったでしょう。こういう連中はどこからでも陰謀論のネタを探し出すからね。ほんとごくろうさんって感じだなあ。人の揚げ足取るのはいい趣味じゃないなあ」

吉沢は満足そうにうなずいて、石倉をちらりと見る。

「ヒュドラの開発者の名前が罠だって？」

石倉が叫んだ。

「うん。あれを見て天網計画社の役員と同じだって気づいたらレッドカードね。石倉さんはそれ

以外にもダークウェブを利用して、ＳＮＳ世論操作に関心があって天網計画社に批判的、そのうえ反社会的な活動までしてる。完全にアウトでしょ。気の利く人間は使いやすいけど、気がつきすぎるヤツは逆に処分するしかない。残念だったなあ。石倉さんも山崎さんもそこそこ優秀だったんだけどね。まあ、せいぜいここまでかなあ。ほんとに、おつかれさま」

吉沢は何度もうなずきながらにやにやする。

「オレたちを騙したっていうのか？」

「やだなあ。罠にかけたって言ってるじゃないですか。みなさんの大好きな陰謀。自分たちは罠にかかったって公判で思い切り主張していいですよ。世間の人は、トンデモ陰謀論のサヨクはヤバイって思ってくれる」

麻紀子の全身から力が抜けた。もうダメだという諦念が頭を支配する。

「フィナーレの時間のようだな。配信者のみなさんがお待ちかねだ」

吉沢が言うと、扉が開き、カメラを手にした人間が多数入ってきた。何人かには見覚えがある。ネットで生放送を配信している連中だ。たちまち部屋は配信者でいっぱいになる。まさか、ここからネット生放送をさせるつもりなのか？

とっさに顔を伏せてしゃがもうとしたが、両脇の男に腕と肩をつかまれ、立たされた。血の気が引いて全身が震える。

「ねえねえ、みんな見てる？　衝撃の逮捕の瞬間だよ」

「本物の手錠って初めて見たよ。なんかすげえって感じ」

「警察の可視化ってこういうこと？　ナマで犯人逮捕見せてくれるんだぜ」

配信者たちは口々にしゃべりながら、麻紀子と石倉の周りをわがもの顔でうろついて撮って回る。

「今日のハイライトですよ。記者クラブに所属してるようなゆるい人は呼んでないから安心してください。大手配信者のみなさんは人権なんか無視してガンガン個人情報垂れ流してくれます。これで家族も親戚も友達もみんな取材してもらって一気に有名人です。楽しいことになるなあ」

吉沢は心の底から楽しそうだ。身につけたスーツを直し、傍らの女性に目配せすると、壁が開き、まばゆい光が差し込んできた。あまりのまぶしさに麻紀子が両手で顔を覆うと、横から男に手を押さえつけられた。

「さきほど、池袋一家惨殺事件の犯人二人組が逮捕されました！」

よく通る男性の声がする。有名な声優に違いない。どっと歓声が上がる。

「ステージに行きましょう。みんな、ふたりを待っているんです」

吉沢の声とともに、麻紀子は腕を強くつかまれ、引きずられるように歩き出す。頭の中が真っ白でなにもわからなくなる。進む先に巨大な空間が見える。おそらく講演会場。進む度に拍手や歓声がこだまする。横を見ると石倉も同じように引きずられている。

「本日のフィナーレです！　容疑者のふたりがステージに到着しました。来週からの公開法廷でこのふたりの罪が明らかになります。裁くのは、もちろんネットの前のあなた！　善良なる全国民のみなさんです！」

司会者の声がうつろに響き、両脇の男たちが立ち止まる。倒れそうになった麻紀子を男たちががっしり腕と肩を支えて無理矢理立ったままにする。うまく息ができなくて目眩がする。

遠くで音楽が聞こえてきた。かつて聴いた優しい曲。なんだっけ？　ジョン・レノンの「イマジン」だ。音楽は徐々に大きくなり、反響する。司会者も会場の客もみんな歌っていた。悪夢だ。こんなにきれいな希望に満ちた曲なのに、なぜこの人たちはこれほどまでにひどいことをするんだろう？

「平和で愛に満ちた世界は、もうすぐ実現できます。みなさん自身が正義の心を持てば犯罪も暴力もなくなるんです。デジタル隣組の活躍を見たでしょう？　希望を持って社会をよくしてゆきましょう。この美しい日本を再び繁栄させましょう」

司会者が大きな声で叫ぶと、会場は大歓声に包まれた。

エピローグ

麻紀子と石倉の逮捕が報じられた翌日、南方と三人のメンバーがマダムシルクに再び集合した。

「諸君、覚悟はいいかね?」

「正直、自分は反対です。いや戦うことには賛成ですが、宣戦布告は不要ってことです。でも先生の教え子ということですから、いたしかたありません」

土屋がため息を漏らした。

「小生はまだ話し合って歩み寄れる可能性があると信じたいんだ。わがままをきいてくれて感謝する。本来、彼らと我々の目標は同じはずだからね」

「目標は同じでもアプローチは真逆ですけどね」

鎌田が肩をすくめる。

南方は全員に目で合図し、スマホを手に取ってボタンを押した。しばしの呼び出し音の後に吉沢が出た。

「南方だ。吉沢くんとは紳士的なゲームを愉しんできたと思うのだが、小生だけの思い過ごしだったのかな？　意見は対立していたが、双方有益な議論をしてきたつもりだ」

「懐に手を突っ込まれるようなことがなければ紳士的でいられたと思いますよ。先生もちゃんと指導なされればよかったのに」

「君の脇の甘さをそれがしのせいにされても困る。その様子だと、すんなりとは終わらないようだね」

「あのふたりには陰謀論を吹聴してもらいつつ、次の時代のための貴重な人柱になってもらいます」

「ならば、こちらも紳士的な対応は終わりにしよう。君は誤解していると思うが、小生は、あのふたりひいては自由な社会を守るためになら、犠牲を払うことにいささかの躊躇もない」

「やはり先生はただの大学教授ではなかった。しかし、もう国内で打てる手はないと思うんですよね」

「人工知能を使えるのは君だけじゃない」

「なんのことです？」

「自律的に学習する人工知能の場合、どのような思考を経て結論に至るかわからないだろう。人工知能を別の人工知能が一定期間観察し、その学習結果にもっとも影響を及ぼす要因を絞り込み、そこを意図的に変更することで思うような思考に偏らせることが可能だ。この脆弱性を克服することは難しい。そのためには攻撃対象よりも多くのアカウントが必要になるが、人工知能を偏らせるためだけの人工知能なら処理は簡単だから大量に投入できる」

「ご高説ごもっともです。でも、どこかがそんなことをやりはじめたら、世界中で人工知能の騙し合いが始まりますよ。カオスな泥仕合だ。ねえ、先生。金融取引に使われている人工知能だってその方法を使えば思考を偏らせることができるんです。ディープラーニングではありませんが、ブラックマンデーで起きたことを意図して仕掛けることは理論上は可能ですが、それを始めるとあらゆるものが危機に直面します。自動取引システムがＳＮＳの投稿を参照していることを利用して株価を高騰させた事件も起きていますが、まだその方法を実装した兵器はないはず」

「少なくとも実戦で使われた兵器がないのは、小生も知っておる。だが、理論的には可能だし、すでにこちらは配備を終えた。サイバー空間では攻撃者絶対有利の法則がある。先手必勝なら使わない手はない。次の公開法廷の公判で君たちの思惑とは異なる判決になるだろう」

「……先生はヒーローにでもなるつもりですか。プリキュアをご覧になってなかったんですね。正義の味方には年齢制限があるんです。頭のいい先生にはおわかりのはず。その攻撃手法が有効だとわかったら、各国が使い始める。どれだけのインフラやサービスが人工知能に支えられていると思っているんです。金融や交通管制やプラント制御が暴走し、世界が狂い始めますよ。各国それぞれの思惑で攻撃するから誰も結果を予想できない。先生は、マッドマックスや北斗の拳のファンでしたっけ？」

「こうなることは必然だ。誰かが必ず始める。ならば最初のひとりが小生でもかまわないだろう？　健闘を祈る。そうそう、『怒りのデスロード』は大好きだよ」

南方が通話を終えると、他の三人がじっと見つけていた。

「諸君、世界大戦の始まりだ。主役は人間ではないがね」

「池袋の場末のカフェから世界大戦が始まるなんて思いませんでしたよ。いや、汎戦争時代だからすでに始まっていたのか」

鎌田が苦笑する。

「勝者なき人類最後の戦いに乾杯。戦うのが人間でない以上、勝者も人間ではないんでしょうな」

土屋が空のコーヒーカップを掲げると、他の三人もそれに従った。

その時、扉が開き、吉沢の巨体が入ってきた。

うれしそうに笑う。

「サプライズパーティの会場はこちらですね。僕も仲間に入れてもらいますよ」

あとがき

本書は、近未来の日本の法廷をテーマにした物語です。私は現実に即したリアルな小説を手がけることが多いのですが、今回は現実から少し離れた話になりました。最初は、『公開法廷』というネットゲーム上で有罪判決を受けると、「ほんとうに犯人なんじゃないか」と噂になって犯人に仕立てられてしまうという設定でした。しかし話が複雑になってしまったため、ゲームではなく近未来の法廷という形に設定を変更して仕上げました。

インターネットが社会のインフラになって久しく、さまざまな面でなくてはならない存在になってきました。その中でＳＮＳは知らない間に我々を洗脳する装置として利用され始めているようです。紹介した各国がＳＮＳ世論操作に血道を上げている話は事実です。

最近公開された"The spread of fake news by social bots"（Chengcheng Shao, Giovanni

Luca, Ciampaglia, Onur Varol, Alessandro Flammini, Filippo Menczer: Indiana University Bloomington 24 Jul 2017）では、二〇一六年のアメリカ大統領選におけるＳＮＳ（主としてツイッター）の投稿を分析し、フェイクニュースをトロール（論文中ではbot）が拡散したことを確認しています。関心ある方は参考文献をご覧ください。

　無数のトロールが世界中を跋扈《ばっこ》しているのが私たちの日常になりました。日々接しているＳＮＳのアカウントがほんとうにその人本人なのか、人間なのかわからなくなってきています。これからどのような社会になってゆくか、おののきながら見守りたいと思います。

　本書に記載されているもののうち、過去のフェイクニュースやトロールに関するものはほとんど事実もしくは報道されたものです。ただし、日本政府や自民党がトロールを使っていた事実が確認されたことはありません。また海外から日本に対して《シビル》攻撃が行われた事実も未確認です。

「サイバー空間はミステリを殺す」は実際に存在する短編で、講談社の『ベスト本格ミステリ2016』に収録されております。古谷野肇や篠宮明日香が登場する、本書の前日譚です。

　本書の出版にあたり、ご尽力くださった原書房の石毛力哉さま、アドバイスをいただいた江添佳代子さま、改稿を手伝っていただいた平野さまには深くお礼申し上げます。

ミステリの面白さと深さを幼い頃の私に教えてくれた母と、執筆をささえてくれた佐倉さくさまにも、この場を借りて感謝の気持ちを伝えたいと思います。

最後に本書を手にとってくださった読者のみなさまにお礼を申し上げたいと思います。

二〇一七年初秋のバンクーバーにて

一田和樹

"JAPAN MADE SECRET DEALS WITH THE NSA THAT EXPANDED GLOBAL SURVEILLANCE" https://theintercept.com/2017/04/24/japans-secret-deals-with-the-nsa-that-expand-global-surveillance/

XKEYSCORE https://theintercept.com/2015/07/01/nsas-google-worlds-private-communications/

"You Only Click Twice: FinFisher's Global Proliferation" https://citizenlab.org/2013/03/you-only-click-twice-finfishers-global-proliferation-2/

"Meet the machines that steal your phone's data" https://arstechnica.com/tech-policy/2013/09/meet-the-machines-that-steal-your-phones-data/2/
https://arstechnica.com/tech-policy/2013/09/meet-the-machines-that-steal-your-phones-data/

"FBI on trial for warrantless Stingray mobile spying" http://www.theregister.co.uk/2013/03/29/fbi_stingray_mobile_tracking/

"This Hacker Uncovered A Massive Police Surveillance Dragnet While Serving Time In Prison" http://www.ibtimes.com/hacker-uncovered-massive-police-surveillance-dragnet-while-serving-time-prison-2294505

"Russian bots still interfering in U.S. politics after election, says expert witness" http://www.cbsnews.com/news/russian-bots-still-interfering-in-u-s-politics-after-election-expert/

"How Facebook powers money machines for obscure political 'news' sites" https://www.theguardian.com/technology/2016/aug/24/facebook-clickbait-political-news-sites-us-election-trump

"The Agency"　https://www.nytimes.com/2015/06/07/magazine/the-agency.html
"Russia's Online-Comment Propaganda Army"　https://www.theatlantic.com/international/archive/2013/10/russias-online-comment-propaganda-army/280432/
"Why ISIS Is Winning the Social Media War"　https://www.wired.com/2016/03/isis-winning-social-media-war-heres-beat/

一田和樹、遊井かなめ、七瀬晶、藤田直哉、千澤のり子『サイバーミステリ宣言！』（KADOKAWA、二〇一五年）
一田和樹「サイバー空間はミステリを殺す」（『ベスト本格ミステリ2016』所収、講談社、二〇一六年）
一田和樹、江添佳代子『犯罪「事前」捜査』（KADOKAWA、二〇一七年）
喬良、王湘穂『超限戦』（坂井臣之助監修、劉琦訳、共同通信社、一九九九年）
小出日出彦『情報参謀』（講談社現代新書、二〇一六年）
藤田直哉『虚構内存在――筒井康隆と〈新しい《生》の次元〉』（作品社、二〇一三年）
藤田直哉『新世紀ゾンビ論――ゾンビとは、あなたであり、わたしである』（筑摩書房、二〇一七年）

「これからの戦争の話をしよう」　http://kichida.tumblr.com/post/156945889190/
"The rise of socail bots" Emilio Ferrara, Onur Varol, Clayton Davis, Fippo Menczer, Alessandro Flammini "Communication of the ACM" Vol 59,Number7 2016 年
"First Evidence That Social Bots Play a Major Role in Spreading Fake News" MIT Technology Review, August 7, 2017
"The spread of fake news by social bots"　https://arxiv.org/abs/1707.07592
"Twitter Bots Use Likes, RTs for Intimidation"　https://krebsonsecurity.com/2017/08/twitter-bots-use-likes-rts-for-intimidation/

"#BotSpot: The Intimidators Twitter bots unleashed in a social media disruption tactic" https://medium.com/dfrlab/botspot-the-intimidators-135244bfe46b

"Online Human-Bot Interaction : Detection, Estimation, and Characterization" Emilio Ferrara, Onur Varol, Clayton Davis, Fippo Menczer, Alessandro Flammini 27 March,2017 年

"Contagion dynamics of extremist propaganda in social networks" http://www.sciencedirect.com/science/article/pii/S0020025517305030

"Sybil Defense Techniques in Online Social Networks: A Survey" http://ieeexplore.ieee.org/document/7828091/?reload=true

"SybilRank: Aiding the Detection of Fake Accounts in Large Scale Social Online Services" https://users.cs.duke.edu/~qiangcao/sybilrank_project/index.html

"Vaporous Marketing: Uncovering Pervasive Electronic Cigarette Advertisements on Twitter" http://journals.plos.org/plosone/article?id=10.1371/journal.pone.0157304

"Botometer An OSoMe project (bot•o•meter)" https://botometer.iuni.iu.edu/

一田和樹（いちだ・かずき）

11月6日東京生まれ。コンサルタント会社社長、プロバイダ常務取締役などを歴任後、日本初のサイバーセキュリティ情報サービスを開始。2006年に退任後、作家に。2010年に『檻の中の少女』で第3回ばらのまち福山ミステリー文学新人賞受賞。他著書に『サイバーテロ 漂流少女』『サイバーセキュリティ読本』『絶望トレジャー』『天才ハッカー安部響子と五分間の相棒』『ウルトラハッピーディストピアジャパン』『御社のデータが流出しています』など。

公式ページ　http://www.ichida-kazuki.com/
一田和樹ツイッター　http://twitter.com/K_Ichida
一田和樹 bot ツイッター　http://twitter.com/ichi_twnovel
amazon 著者ページ　http://www.amazon.co.jp/ 一田和樹 /e/B004VMHA1U/

公開法廷《こうかいほうてい》
一億人《いちおくにん》の陪審員《ばいしんいん》

●

2017年10月25日　第1刷

著者…………一田和樹《いちだかずき》

装幀…………川島進

発行者…………成瀬雅人
発行所…………株式会社原書房

〒160-0022 東京都新宿区新宿 1-25-13
電話・代表 03（3354）0685
http://www.harashobo.co.jp
振替・00150-6-151594

印刷・製本…………新灯印刷株式会社

ISBN978-4-562-05439-8, Printed in Japan